中华

ZHONGHUA HUN

魂

百部爱国故事丛书

刑场上的婚礼

——革命烈士周文雍、陈铁军

曾宝华　朱凤霞　编著

吉林人民出版社

图书在版编目（CIP）数据

刑场上的婚礼：革命烈士周文雍、陈铁军 / 曾宝华，
朱凤霞编著 . -- 长春：吉林人民出版社，2011.3（2021.8 重印）
（中华魂·百部爱国故事丛书）
ISBN 978-7-206-07501-8

Ⅰ . ①刑… Ⅱ . ①曾… ②朱… Ⅲ . ①革命故事—中
国—当代 Ⅳ . ① I247.8

中国版本图书馆 CIP 数据核字 (2011) 第 032565 号

刑场上的婚礼
——革命烈士周文雍、陈铁军

XINGCHANG SHANG DE HUNLI
——GEMING LIESHI ZHOU WENYONG、CHEN TIEJUN

编　著：曾宝华　朱凤霞

责任编辑：郭　威　　　　封面设计：孙浩瀚

制　　作：吉林人民出版社图文设计印务中心

吉林人民出版社出版 发行（长春市人民大街7548号　邮政编码:130022）

印　刷:北京一鑫印务有限责任公司

开　本:787mm×1092mm　　1/16

印　张:8　　　　字　数:64千字

标准书号:ISBN 978-7-206-07501-8

版　次:2011年3月第1版　　印　次:2021年8月第2次印刷

定　价:35.00元

总　序

　　《中华魂》是一套故事丛书。它汇集了我国自鸦片战争以来一百八十余年间的近百位民族英雄、仁人志士、革命领袖、先进模范人物的生动感人事迹，表现了他们作为中华儿女的伟大的爱国主义精神。

　　爱国主义是人们对于"生于斯、长于斯、衣食于斯"的祖国的一种神圣感情，是人们对于自己民族的一种强烈的责任感和使命感，是感召和激励整个中华民族的一面永不褪色的旗帜。在一百多年的中国近现代史上，爱国主义一直激励着中华儿女为祖国的独立、统一、进步和繁荣而英勇奋斗。从"苟利国家生死以，岂因祸福避趋之"的林则徐，到"我自横刀向天笑，去留肝胆两昆仑"的谭嗣同;从"铁肩担道义,妙手著文章"的李大钊,到"青春换得江山壮,碧血染将天地红"的赵一曼;从"县委书记的好榜样"的焦裕禄,到"问鼎长天,扬我国威"的邓稼先……都表现出了强烈的爱国主义精神。正是由于热爱祖国的人们前仆后继地奋斗,国家和民族才得以生存,才能够在一次次历史危急关头转危为安,走向兴盛和富强,从而屹立于世界民族之林。爱国主义是鼓舞中华儿女历经忧患、跨越沧桑、百折不挠、自强不息的伟大力量,它贯穿于中华民族的整个历史,并有力地凝聚着五洲四海的中国人。

爱国主义是一个历史的范畴,在社会发展的不同阶段、不同时期有不同的具体内容。革命时期,需要我们为祖国的独立自主出生入死;建设时期,需要我们为祖国的繁荣富强增砖添瓦。在全国各族人民团结一心,开启全面建设社会主义现代化国家新征程的今天,我们要争做一名新时期的爱国者。新时期的爱国者要有强烈的民族自尊心、自豪感。民族自尊心、自豪感是任何时期、任何爱国者都必须具备的情感。民族自尊心能增强我们自立向上的恒心,民族自豪感能树立我们建设祖国的信心。要树立"祖国高于一切"的崇高信念,为了祖国和人民的利益不惜抛却个人的利益,甚至不惜牺牲个人的生命。我们要树立终身学习的理念,拓宽自己的知识面,广泛吸收新知识、新技术,完善自身的知识结构,更新学习知识的方法与理念,从思想上、知识上充分武装自己,为祖国的繁荣昌盛贡献力量。

爱国主义思想的继承和发扬,是关系到民族盛衰、国家兴亡的根本问题。爱国主义思想情操的形成,需要不断地培养。培养爱国主义精神的一个重要途径是向英雄人物和典范事迹学习和致敬。这套丛书的出版，对于青少年向英雄和先进人物学习，特别是对于在中小学生中进行爱国主义教育是不可多得的生动的教材。祝愿此书出版发行成功，为培养时代新人做出贡献。

胡维革

中华魂
百部爱国故事丛书

编　委　会

策　划：　胡维革　吴铁光
　　　　　林　巍　冯子龙
主　编：　胡维革　邢万生
副主编：　贾淑文　杨九屹
编　委：（按姓氏笔画为序）
　　　　　于二辉　刘士琳
　　　　　刘文辉　孙建军
　　　　　李艳萍　吴兰萍
　　　　　谷艳秋　隋　军

"当我们把自己的青春生命都献给党的时候，我们就要举行婚礼了。让反动派的枪声，来做我们结婚的礼炮吧！"

——周文雍　陈铁军

目　录

中华魂 百部爱国故事丛书
ZHONGHUA HUN

文韬武略俱兼备　贫寒学子当自强

　　1905年，是自1840年鸦片战争65年后。1840年，英国殖民者倚仗坚船利炮，轰开中国的大门，曾经创造灿烂文化的中华民族，从此陷入战败、求和、割地、赔款的循环噩梦。鸦片战争、中法战争、甲午战争、八国联军侵华……从1840年到1905年，中国人民一直被笼罩在列强侵华战争的硝烟中。中国政府卑躬屈膝，先后与22个国家签订了745个不平等条约，换来的却是侵略者更加疯狂的侵略和掠夺，仅支付战争赔款，就损失白银十几亿两。

　　面对内忧外患，一些有识之士于1905年8月20日，在日本东京成立了中国第一个资产阶级政党——同盟会。中国同盟会正式成立以后，孙中山率领同盟会员迅速开展了革命行动。从1905年9月，孙中山委派冯自由与陈少白在香港组建了同盟会国内第一个分支机构，到武昌起义爆发，同盟会的分支机构发展到70个，遍及全国23个省区，国外的新加坡、马来西

亚、越南、美国等地也先后设立了分支机构。中国同盟会成立的意义深远，为民主革命运动在全国范围内展开起到了积极促进作用。它的成立，改变了中国的命运，从此革命的思想传遍整个神州大地，但也因此引发了一系列矛盾的产生。

1905年春，湖北留欧学生50余人在孙中山影响下，宣誓加入革命组织。同年秋，孙中山在日本成立中国同盟会。他们为第一批会员。图为孙中山赴比利时与湖北留学生魏宸组、胡秉柯、史青、朱和中合影。

同年8月，在广东省开平县百合镇凤凰里（今开平市百合镇茅冈村），一个男婴呱呱落地，这是一个贫穷塾师的家。虽然家境清贫，但对于这样一个小生命的到来，夫妻二人仍然无比欣喜。父亲为他取名文雍，家里人还给他起了个乳名——光宏，对其寄以厚望。

由于受到父亲的熏陶，小文雍从小就聪明好学，7岁时，他跟父亲到私塾读书。此时，正值辛亥革命（是指发生于中国农历辛亥年）爆发。1911年，清政府

开平碉楼

003

——革命烈士周文雍、陈铁军

刑场上的婚礼

出卖铁路修筑权，激起中国人民的反抗，四川等地爆发保路运动。1911年10月10日，武汉地区的革命团体文学社和共进会发动武昌起义，接着各省纷纷响应，因为1911年为旧历辛亥年，故称"辛亥革命"。

辛亥革命成功推翻了清朝的统治，结束了中国的帝制，开启了民主共和新纪元，使共和观念深入社会中上层人士思想中。1912年1月1日，孙中山在南京就任临时大总统，宣告中华民国临时政府成立。政府成立后，临时政府于1912年1月9日成立了教育部，著名的教育家蔡元培任教育总长后，立即着手对封建教育进行全面改革。规定"初等小学，可以男女同校"；"小学读经科，一律废止"；"高等小学以上体操科，应注重兵式"等。在这样的背景下，在茅冈南面的横石里，也兴办了一所小学，叫做"横石里作求小学"，周文雍的父亲是个开明的知识分子，他把小文雍送入横石小学读书。小文雍很聪明，特别爱读书。虽然上学的路途较远，离家好几里，中间还隔着一条潭江，但是他却从不迟到早退，一心向学。仅仅两年时间，就读完了初小四年的课程，顺利地升入了高小。

由于家庭生活困难，周文雍小小年纪就帮母亲拾柴、做饭、洗衣服，做些力所能及的家务活。后来，他的父亲生病了，无力供他继续上学。于是，只读了一学期高小的周文雍便被迫停学，到茅冈圩一间小杂货店做"伙头仔"，以弥补家庭收入的不足。停学一学期后，他向学校请求复学。学校同意了他的要求，让他帮学校厨房做杂务，以便免收他的学费和解决他的吃饭、住宿问题。

此时此刻，国内正孕育着一场思想革命的洪流。

辛亥革命后，国家形势越来越乱，一批先进的知识分子开始寻求救国的新出路。

这一时期，在政治方面，辛亥革命失败后，列强支持袁世凯称帝，加紧侵略中国，中国先进分子为改变这种局面寻找新的出路；经济方面，中国资本主义在一战期间进一步发展，资产阶级强烈要求在中国实行"民主"政治，以更好地发展资本主义；思想文化方面，随着新式学堂的建立和留学风气日盛，西方启蒙思想进一步被介绍到中国，而且辛亥革命使民主共和的思想深入人心，袁世凯的尊孔复古的逆流为民主知识分子所不容。更为重要的是当时的人们对于辛亥革命失败的反思。

窃国贼袁世凯

经过辛亥革命，先进的知识分子认识到，革命失败的根源在于国民脑中缺乏民主共和意识，必须从文化思想上冲击封建思想和封建意识，通过普及共和思想来实现真正的共和政体。

袁世凯在进行帝制复辟活动的同时，还大力提倡尊孔读经。他刚登上总统宝座，就大搞尊孔祭天。1913年6月，他亲自发表"尊孔令"，借孔子名义为自己披上政治光环。1914年，他又发布《祭圣告令》，通告全国举行"祀孔典礼"。为支持袁世凯帝制复辟活动，中外反动派掀起了一股尊孔复古逆流。1912年起，他们在全国各地先后成立了"孔教会"、"尊孔会"、"孔道会"等，出版《不忍杂志》和《孔教会杂志》等。康有为还要求定孔教为"国教"，宣扬"有孔教乃有中国，散孔教势无中国矣"。面对这股反动逆流，资产阶级和小资产阶级知识分子，有的和封建势力同流合污；有的偃旗息鼓；许多人则感到彷徨苦闷，找不到出路。但以陈独秀、李大钊、鲁迅为代表的激进民主主义者却发动了一次反封建的新文化运动，大张旗鼓地宣传资产阶级民主思想，同封建尊孔复古思想展开了激烈的斗争。这个运动是从1915年9月15日《青年杂志》在上海创刊开始的。

陈独秀任主编，李大钊是主要撰稿人并参与编辑

鲁迅先生蜡像

工作。陈独秀仇视当时的封建军阀统治，要求实现真正的民主；他批判了封建社会制度和伦理思想，认为要实现民主制度，必须消灭封建宗法制度和道德规范。李大钊则反对复古尊孔，要求思想自由，号召青年不要留恋将死的社会，要努力创造青春的中国。该杂志于1916年9月出版第二卷第一期时，迁往北京并改名为《新青年》。进步知识分子团结在

《新青年》周围，高举民主和科学两面大旗，从政治观点、学术思想、伦理道德、文学艺术等方面向封建复古势力进行猛烈的冲击。他们集中打击作为维护封建专制统治思想基础的孔子学说，掀起"打倒孔家店"

陈独秀

的潮流。他们还主张男女平等，个性解放。1917年起他们又举起"文学革命"的大旗，提倡白话文，反对文言文，提倡新文学，反对旧文学。随着新文化运动的发展，《新青年》实际上成了新文化运动的思想领导中心。

1916年初，袁世凯称帝，在此之前，美国人古德诺发表了《共和与君主论》，杨度发表了《君宪救国论》等文章，散布中国宜于实行君主制，没有君主便要"灭亡"的谬论。《新青年》针对这种情况，发表了陈独秀的《一九一六年》、《吾人最后之觉悟》，李大钊的《民彝与政治》、《青春》等主要论文，揭露了君主专制的危害。《新青年》从1918年1

月出版第四卷第一号起改用白话文，采用新式标点符号，刊登一些新诗，这对革命思想的传播和文学创作的发展，起着重要的作用。特别是伟大的文学家、思想家和革命家鲁迅先生，1918年5月在《新青年》上发表了中国现代文学史上第一篇白话小说《狂人日记》，对旧礼教旧道德进行了无情的鞭挞，指出隐藏在封建仁义道德后面的全是"吃人"二字，那些吃人的人"话中全是毒，笑中全是刀"，中国2000多年封建统治的历史就是这吃人的历史，宣告"将来容不得吃人的人，活在世上"。这篇小说奠定了新文化运动的基石。在《新青年》的影响下，一些进步刊物改用白话文。这又影响到全国用文言文的报纸，开始出现用白话文的副刊，随后短评、通

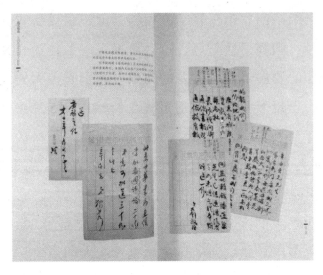

迅、社论也都采用白话文和新式标点。所有这些文学改革，使全国报纸面貌为之一新。1917年爆发了伟大的俄国十月社会主义革命，震动了全世界，也照亮了中国革命的道路。《新青年》应社会形势发展的需要，以大量篇幅发表了宣传俄国十月革命的经验和社会主义的理论文章。1918年11月，《新青年》发表了李大钊同志写的《庶民的胜利》、《布尔什维主义的胜利》两篇著名论文，热烈欢呼俄国社会主义革命的胜利。

在陈独秀、李大钊等人的领导下，提倡科学，反对迷信，提倡民主，反对独裁，提倡白话文，反对文言文的新文化运动，宣传了西方的进步文化。以后，又传播了社会主义思想，反映了新型的革命阶级的要求，在社会上产生了巨大的反响。

这一运动的深入发展，吸引了许多年轻人，特别是青年学生集合在反帝反封建的旗帜下，为迎接一场彻底的反帝反封建的政治斗争作好了思想准备。

这次运动的主要缺点是其领导人没有把运动普及到群众中去，只是局限在知识分子圈子里，他们除了一般的政治口号外，没有提出实现民主政治的具体办法。同时他们形式主义地看问题，不能正确地对待中国文化遗产。但这个运动在政治上和思想上给了封建主义一次前所未有的沉重打击，在思想界形成了一次新的思想解放潮流，为五四运动奠定了思想基础。当十月革命给中国送来马列主义的时候，新文化运动发生了根本的变化，由一个资产阶级文化革命运动转变为一个广泛宣传马列主义的运动，《新青年》也逐渐变成宣传马列主义的刊物。

《青年杂志》封面

新文化运动的出现既是当时特定历史时期经济、政治、思想文化诸因素综合作用的产物，也是近代中国经历长期的物质、思想准备基础上的必然结果。新文化运动为五四运动的爆发作了思想准备，启

北京大学李大钊雕像

发了民众的民主主义觉悟，对五四爱国运动起了宣传动员作用。新文化运动后期传播的社会主义思想，启发了中国先进的知识分子，使他们选择和接受了马克思主义，作为拯救国家、改造社会和推进革命的思想武器。周文雍就是其中最早接受共产主义思想的新青年之一。高小毕业后，周文雍跟随父亲到宝兴村教村学。他除搞好课堂教学外，还带学生开展文体活动，带头和动员男学生剪掉辫子，使偏僻的村学气象焕然一新。他关心的事，零用钱全部用在订报刊、买新书上。周文雍对列强欺凌祖国的现象非常痛心，因此还常常利用课余时间教学生唱反帝爱国歌曲。

布哈林

在后来的五四运动中，周文雍更加清醒地认识到只有团结群众，发动群众才能救中国。

1922年秋，在亲友的资助下，周文雍考入了有"红色甲工"称誉的广东省立甲种工业学校机械科学习。

周文雍18岁就担任了甲工学校学生会主席和团支书，在受到五四运动的革命思想影响下，周文雍积极参加学生群众的革命活动。在搞好学业的同时，他开始阅读进步书刊，并读到了党机关刊物《向导》和布哈林所写的《共产主义ABC》以及《阶级斗争浅说》等书籍。在这些进步书籍的影响下，周文雍的思想得到了升华。在此期间，他还结识了广州学生运动的领袖阮啸仙、刘尔崧、周其鉴等，在他们的影响下，他很快就接受了革命思想，并积极地投身于反帝反封建的爱国洪流中去。

中国同盟会

中华民国女子参政同盟会徽章

中国同盟会（简称同盟会），亦称为中国革命同盟会，是中国清朝末年，由孙中山领导和组织的一个全国性的革命政党。同盟会的成立，直接导致了1912年大清帝国的覆亡，促成了中国历史上第一个共和政权——中华民国的建立。

1905年7月，在黑龙会领袖内田良平的牵线下，孙中山返回日本东京，倡导筹备成立中国同盟会。8月20日，在东京赤坂区头山满提供的民宅二楼蹋蹋米房，中国革命同盟会成立（后为避免日本政府反对，改名为中国同盟会），孙中山被推举为总理，黄兴等任庶务；制定了《军政府宣言》、《中国同盟会总章》和《革命方略》等文件，并决定在国内外建立支部和分会，联络华侨、会党和新军，成为全国性的革命组织。

同盟会确认其政纲是孙中山提出的"驱除鞑虏，恢复中华，创立民国，平均地权"十六字纲领；发行《民报》作为机关刊物（原名《二十世纪之支那》，为华兴会机关刊物，同盟会成立后易名《民报》）。中国同盟会与孙中山设想的一个中华民国的政府组织是：在总理下设行政、立法和司法三个部，这实际上是三权分立的原则。《民报》在章炳麟、陶成章等主编下，由胡汉民、汪精卫等执笔，与主张保皇、由康有为、梁启超执笔的《新民丛报》展开激烈论战，成为革命思想的重要阵地。

同盟会的前身是湖南华兴会（黄兴、宋教仁、陈天华等）和广东兴中会（孙中山、胡汉民、汪精卫等）。继兴中会之后，全国各地资产阶级革命团体相继出现，主要还有江浙光复会（陶成章、章炳麟、蔡元培、秋瑾等）、科学补习所等多个组织。同盟会在1907年一度分裂。孙中山因未经众议收受日本政府资助而离开日本，从光复会退出。孙中山与汪精卫、胡汉民等于南洋另组总部；而黄兴则继续支持孙中山。

廖仲恺

中国同盟会曾在中国多处组织起义，试图推翻清政府，但都没有成功。自1906年起，同盟会联合地方会党，先后发动了萍浏醴起义（1906年12月，又称"丙午萍浏之役"）、黄冈起义（1907年5月，又称"丁未黄冈之役"）、七女湖起义（6月，又称"丁未惠州七女湖之役"）、钦廉防城起义（9月，又称"丁未防城之役"）、镇南关起义（12月，又称"丁未镇南关之役"）、钦廉上思起义（1908年3月，又称"戊申马笃山之役"）、云南河口起义（4月，又称"戊申河口之役"）、广州新军起义（1910年2月，又称"庚戌广州新军之役"）和黄花岗起义（1911年4月27日，农历三月二十九日，又称"辛亥广州起义"、"辛亥广州三月二十九日之役"）。其中1906年萍浏醴起义是同盟会成立后发动的第一次大规模的武装起义，是太平天国以后中国南方爆发的一次范围最大的反清革命斗争，牺牲义军将士及其亲属逾万人；黄花岗起义参与及牺牲者多为同盟会骨干成员。1911年10月爆发的武昌起义，虽然有中国同盟会的成员参加，但中国同盟会并未起领导作用。

武昌起义之后爆发了全国规模的辛亥革命，同盟会本部由日本东京迁至上海；南京临时政府成立后，再迁南京。同盟会在武昌起义之后开始出现分裂，有一些人并不赞同孙中山的三民主义，对孙提出的平均土地更有人反对，章炳麟等与黎元洪组建共和党，到1912年中国同盟会已经四分五裂了，南京临时政府的9个成员中只有3个是中国同盟会的成员。

1912年8月7日，在宋教仁的组织下，同盟会、统一共和党、国民公党、国民共进会和共和实进会联合在北京成立国民党，孙中山为理事长，宋教仁为代理事长。

刑场上的婚礼
——革命烈士周文雍、陈铁军

天生领袖组工运　热血青年担重任

　　1923年5月，周文雍加入了中国社会主义青年团，同年被选为该校学生会会长和团支部书记及校学生会主席。1923年秋，拥护孙中山的军队与反孙的陈炯明部队在距广州不远的石龙镇激战。周文雍等团员组成慰劳队去前线劳军时突遇机枪火力封锁，周文雍带领大家低身前进冲过铁桥，还缴获了一挺轻机枪。周文雍的这次表现轰动一时，自然地成为广州重要的学生运动领袖。根据组织安排，周文雍还在课余负责"手车夫工会"的工作。所谓"手车夫"，相当于北方"拉车的"，他们都过着收入微薄、吃着无定且居无定所的生活。周文雍与同志们多方奔走筹集资金，终于在东堤二马路侨高街为他们建起了一批简易房。手车夫们感到只有共产党

广州学生联合会所印的书籍

因《马关条约》赔款，清政府向英、德等
国借款发行的金镑公债。

领导的工会才能办实事，于是积极地参加工会活动。
这支队伍后来在组织广州起义时成为工人赤卫队的主
力。

1924年春，周文雍当选为广州学生联合会委员兼
文书部副主任。同年10月又被选为社会主义青年团广
东区委委员，并逐渐成为广州学生界领袖和工运领导。

同年，周文雍因领导全校师生反对学校反动当局
组织"陆军团"和在刊物上发表文章揭露广州由反动
政客操纵的选举市长活动。触怒了顽固派的"甲工"
校长肖冠英，学校在这年暑假贴出告示，以其"参加
社会活动过多，旷课严重"，"无心向学"为理由，开
除了周文雍的学籍。

不久，周文雍奉派离开"甲工"，到广东党组织领

刑场上的婚礼
——革命烈士周文雍、陈铁军

导的青年运动外围组织广东新学生社，负责团的工作。此间，周文雍带领广大青年积极参加各项政治运动，为推动全市青年学生投身革命斗争做了大量工作。

帝国主义对中国的侵略，以经济剥削为主，中日甲午战后，中国被迫签订《马关条约》，准许日本在中国各口岸设立工厂，利用中国的原料和廉价劳工进行经济侵略。其他列强随之跟进，纷纷在中国各口岸设立工厂。日本人仅在上海一地就设有23家纱厂，占全上海纱厂三分之二。日本厂主对待工人非常苛刻，工人每日工作12小时以上，工资每日仅一角五分，还要扣存百分之五储蓄厂中，需至工作满十年方始归还，半途辞工者储蓄金即被没收。

　　此图为下关海边的"春帆楼"。《马关条约》便是在这个小楼里签订的。

1925年1月中国共产党第四次全国代表大会以后，群众运动蓬勃发展，2月至4月，上海、青岛的日本纱厂工人在中国共产党领导下，先后组织数万工人举行大规模罢工斗争，取得了重大胜利。同年春，周文雍光荣地加入了中国共产党，从此决心把自己的一切都献给伟大的共产主义事业。

1925年2月，日商内外棉纱厂第八厂推纱间发现一名童工尸首，胸部受重伤十余处，系被纱厂日籍管理员用铁棍殴打死亡，工人们目睹惨状，群情大愤，全体罢工。后经上海总商会出面调停，日厂主答允不打骂工人，同时每两周发放工资一次，工人才恢复工作。

5月间日本各纱厂以男工屡起风潮为由，竟将男工

日本纱厂

刑场上的婚礼

——革命烈士周文雍、陈铁军

尽行开除，换为女工，这一来引起22家工厂的大罢工。由上海各团体调停，以改良工人待遇，发还储金为条件后恢复工作，不料内外棉纱厂第八厂又开除工人数十名，工人们为抗议日本资方无理开除工

顾正红

人再度罢工，并推举代表顾正红等八人向厂主交涉。1925年5月14日，日本资本家与工人代表在交涉中发生争执，日本人突然开枪射杀了顾正红（共产党员），其余七人受伤，受伤工人向公共租界工部局请求援助，工部局不仅不予以公平处理，反而以扰乱治安罪名控告工人，这样一来更激起上海工人、学生和市民的强烈愤怒。

同时，在上海的帝国主义者提出有损中国主权，打击中国民族工商业的"四提案"（增订印刷附律，增加码头捐，交易所注册及所谓"取缔童工法案"），并决定于6月2日在上海纳税外人会上通过，这一举动引起了包括民族资产阶级在内的上海各阶层人士的强烈

反对。5月28日，中共中央根据运动发展形势，及时决定进一步动员群众开展反对帝国主义的政治斗争。

5月22日，上海各团体开会追悼顾正红，上海各大学学生均前往参加，路经公共租界时有四人被捕。于是上海学生会开会，决议组织演讲队，到租界宣传。5月30日，学生联合会分派多队在租界内游行讲演，当天下午，一部分学生在南京路被捕，其余学生及群众共千余人，徒手随至捕房门口，要求释放被捕者，英捕头爱伏生竟下令开枪向群众射击，当场射死学生4人，重伤30人，租界当局更调集军队，宣布戒严，任意枪击，上海的大学校竟遭封闭，这就是著名的"五卅惨案"。惨案发生后，全国震动，北京学生第二天即响应，全国各大都市学生也先后罢课，风起云涌，进行反帝国爱国主义示威运动，民意沸腾。

当夜，中共中央立即召集会议，

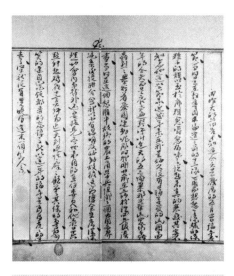

1930年6月1日，赵革非回忆"五卅惨案"大同援沪行动。

决定扩大斗争规模，号召上海人民举行罢工、罢课、罢市，以抗议英帝国主义的大屠杀。在共产党人蔡和森、李立三、刘少奇等领导下，31日晚，上海有组织的20余万工人成立了上海总工会，并选举李立三为委员长。6月1日，上海全市的总罢工、总罢课和总罢市

新民学会会员、毛泽东一师同学、党的创始人之一蔡和森同志（1895－1931）。

开始了，其中包括20余万工人的总同盟罢工，5万学生罢课，绝大部分商人参加罢市。由上海总工会、全国学生联合会、上海学生联合会和各马路商界总联合会推举代表，组成"工商学联合委员会"，提出17项交涉条件。同时运动继续发展和扩大，北京、天津、南京、青岛、杭州、开封、郑州、重庆等全国各大城市和几百个城镇的人民，纷纷游行示威、罢工、罢课、罢市、通电、捐款，表示支援，形成了全国规模的反帝怒潮，并得到国际工人阶级的支援。

6月1日，北京外交部向驻京公使团领袖意国公使提出抗议，公使团复函竟婉拒中国的抗议，认为上海租界当局已经很宽大，于是北京外交部于4日再提第二次抗议，6月6日，公使团答复仍很模糊，北京外交部再于6月11日提第三次的抗议。双方在上海一共开了三次会议，六国委员最后竟拒绝继续谈判，于是谈判中断，交涉移北京进行。最后上海公共租界仅将总巡麦高云、捕头爱伏生免职。而顾正红案由上海交涉员与上海日本领事谈判，至8月12日开始解决，由日本纱厂与工人订立条件六款，附件三款，包括赔偿工人损失费1万元，补助罢工损失费10万元，日本人入厂不准携带武器，不得无故开除工人，提高工资等。在帝国主义和买办资产阶级威胁利诱下，民族资产阶级开始动摇。6月26日，商界停止罢市，破坏了反帝统一战线。

此时，工人们罢工已经坚持了3个多月。中国共产党和总工会为了保存力量和巩固已有的胜利，决定停止总同盟罢工，到八九月间，各业工人逐渐复工。五卅运动沉重打击了帝国主义，对中华民族的觉醒和国民革命运动的发展起了巨大的推动作用，大大提高了中国人民的觉悟，揭开了大革命高潮的序幕。中国共产党在领导五卅运动的斗争中受到很大锻炼，培养

造就了一大批干部，党组织也得到极大发展，在斗争实践中总结了宝贵的经验，为以后党领导大规模的群众斗争奠定了基础。

"五卅惨案"以后，周文雍根据党的指示赴香港开展活动，发动工人、学生投入反帝斗争。省港大罢工爆发后，他回到广州，组织和发动沙面洋务工人率先加入罢工行列。同年11月，他调任中共广东区委工委委员兼青年团广东区委经委书记，着重开展统一工会组织的工作。在他的精心组织领导下，广州洋务工人总工会和香港金属业总工会等先后宣告成立，从而有力地推动了省港工人运动的蓬勃发展。1926年初，周文雍回到"新学生社"负责团的工作，并被选为中共广东区委员会工人运动委员会的领导成员，不久又担任了社会主义青年团广州地委书记，主要从事青年运动工作，并成为当时广州工人运动领袖刘尔崧的得力助手。1926年夏，周文雍担任共青团广州地委书记。7月，国民革命军誓师北伐时，他把青年工人组织起来，成立担架队、运输队；在学生中成立宣传队、卫生队，与省港罢工工人一起，给北伐军以有力援助。

　　1927年4月，蒋介石在上海发动反革命政变之后，广东的反动派也发动了"四一五"反革命大屠杀。中共广东区委、省港罢工委员会、工会等领导机关均遭破坏，著名的共产党员肖楚女、刘尔崧、毕磊等多人不幸被捕或被杀害。周文雍也受到通缉。但他置个人安危于度外，仍然机警地坚持战斗，并受党的委托，

周文雍塑像

接替刘尔崧，担任了广州工
人代表大会主席。4月18
日，中共广东区委领导重建
新的中共广州市委，指派吴
毅任书记。周文雍任组织部
长兼管广州市各工会党支部
工作。周文雍召集广州工代
会所属工会的领导人举行会
议，贯彻区党委紧急会议精

肖楚女

神。制订了对付敌人猖狂进攻的斗争方案；并以区党
委，团委、省、市革命工会、省、市农协，省妇协，
新学生社等组织的名义。共同发表了《反抗国民党反
动军阀残暴大屠杀的宣言》。提出了"打倒蒋介石和一
切军阀"等口号。在白色恐怖笼罩下，党和工会的工
作由公开转入秘密。周文雍遵照党的指示，与其他同
志一起。把各工会的工人纠察队和会员秘密组织起来，
建立了广州工人的地下武装。

　　此间，他遵照党的指示，在原工人纠察队的基础
上建立了广州工人地下武装，重新恢复了遭到严重破
坏的党和工会组织的活动，并组织领导了广州工人的
罢工、集会、示威游行，沉重打击了国民党反动派的
反动气焰。

中国共产党的成长历程

1840年鸦片战争以后，国际资本主义、帝国主义的势力侵入中国，中国的社会结构由封建社会逐步演变为半殖民地半封建社会。从鸦片战争到五四运动，中国人民为了反对帝国主义和封建统治进行了英勇不屈的斗争，其中主要的是太平天国农民战争和资产阶级领导的辛亥革命，但都相继失败了。历史证明，中国的农民阶级和民族资产阶级由于他们的历史局限性和阶级局限性，都不能领导民主革命取得胜利。

随着帝国主义的入侵和现代工业的发展，中国产生了无产阶级，而且在不断发展壮大，到1919年，产业工人已经发展到200万人左右。无产阶级的产生和发展，为中国共产党的建立奠定了阶级基础。1917年俄国十月革命的胜利给中国送来了马克思列宁主义，使

刑场上的婚礼
——革命烈士周文雍、陈铁军

中国的先进分子找到了救国救民的真理。马克思列宁主义在中国的广泛传播，为中国共产党的建立奠定了思想基础。1919年爆发的五四运动，促进了马克思主义同中国工人运动的结合，为中国共产党的建立作了思想上和干部上的准备。

1920年初，李大钊、陈独秀等开始了建党的探索和酝酿。4月，俄共（布）西伯利亚局派维经斯基等一行来华，了解中国情况，考察能否在上海建立共产国际东亚书记处。他们先在北京会见了李大钊，后由李大钊介绍到上海会见陈独秀，共同商谈讨论了建党问题，从而促进了中国共产党的创立。从5月开始，陈独秀邀约李汉俊、李达、俞秀松等人多次商谈建党的问题。8月，陈独秀在上海成立了中国共产党的发起组。10月，李大钊在北京建立了共产主义小组。接着，在湖南、湖北、山东、广东等地相继建立了党的早期组织，同时在法国和日本也由留学生中的先进分子组成了党的早期组织。这些组织当时叫法不一，有的叫共产党，有的则称共产党小组或支部，由于它们性质相同，因此，后来统称它们为各地共产主义小组。

中国共产党早期组织建立以后，开展了多方面的革命活动。为了广泛传播马克思列宁主义，统一建党思想，1920年9月，上海发起组把《新青年》杂志（从八卷一号开始）改为党的公开刊物；同年11月，又创办了《共产党》月刊，在全国主要城市秘密发行，这是中国共产党历史上第一个党刊。新青年出版社还翻译出版了《共产党宣言》《国家与革命》等马克思列宁主义经典著作，以及多种宣传马克思主义的通俗小册子。各地共产主义小组又创办了一批面向工人的通俗刊物，在上海有《劳动界》，北京有《劳动音》和《工人月刊》，济南有《济南劳动月刊》，广州有《劳动者》等，对工人进行阶级意识的启蒙教育。在此基础上，各地共产主义小组积极深入工人群众，举办工人夜校，建立工会组织。各地还建立了社会主义青年团，发展了一批团员，青年团成为党的有力助手和后备军。

1921年3月，在俄共远东局和共产国际的建议和支持下，召开了各共产主义小组的代表会议，发表了关于党的宗旨和原则的宣言，并制定了临时性的纲领，确立了党的工作机构和工作计划，表明了党组织对社会主义青年团、工会、行会、文化教育团体和军队的态度。这次会议为党的成立作了必要的准备。维经斯基回国不久，1921年6月，共产国际派马林等到上海。他们建议召开党的全国代表大会，正式成立中国共产党。上海党的发起组在李达的主持下进行了全国代表大会的筹备工作，并向各地党的组织写信发出通知，要求各地选派两名代表出席大会。来自北京、汉口、广州、长沙、济南和日本的各地代表于7月23日全部到达上海。

　　1921年7月23日—31日，在上海召开了中国共产党的第一次全国代表大会。大会通过了中国共产党的第一个纲领和决议。纲领规定：党的名称是"中国共产党"；党的性质是无产阶级政党；党的奋斗目标是推翻资产阶级，废除资本所有制，建立无产阶级专政，实现社会主义和共产主义；党的基本任务是从事工人运动的各项活动，加强对工会和工人运动的研究与领导。大会选举产生党的领导机构——中央局，陈独秀为书记，张国焘负责组织，李达负责宣传。

　　党的一大宣告了中国共产党的正式成立。从此，中国诞生了完全新式的、以共产主义为目的、以马列主义为行动指南的、统一的工人阶级政党。中国共产党的成立，给灾难深重的中国人民带来了光明和希望，给中国革命指明了方向。

肖 楚 女

肖楚女，原名树烈，又名肖秋，1891（光绪十七）年出生于湖北省汉阳县鹦鹉洲一个小商家庭。青年时期，参加过辛亥革命。五四运动后，肖楚女开始接受马克思主义，参加恽代英在武汉创办的"利群书社"，成为该社骨干。1922夏加入中国共产党。同年8月，肖楚女因传播革命思想横遭封建势力攻击而由宣城返回学校采购图书、教学仪器路过武汉。这时，适遇恽代英出川到上海为学校采购图书，教学仪器路过武汉，经恽代英和林育南介绍，肖楚女前往四川泸县川南师范任教。到达泸县不久，因川南政局变化，改赴重庆联合中学任国文教员。此时，四川的学生择师运动蔓延全川，重庆、成都、泸县尤为激励。四川军阀采取高压手段，开除进步教师和敢于反抗的学生。面对当局的高压，肖楚女和王仲宣等联合一批进步教师进行抗议和揭露反动派的罪行。同时与熊禹治等创办"重庆公学"，招收进步青年学生100多人，开学不久，即遭当局下令解散。肖楚女将封闭、解散公学的布告作为"最后一课"的内容，向学生进行宣读和分析，鼓励学生转入农村去开展宣传活动，寻找新的革命道路。

重庆公学被解散后，肖楚女于1923年初应刘明扬邀请到万县省立第四师范学校任教，他在学生中传播革命思想，组织读书会，秘密建立了万县地区最早的社会主义青年团组织。这年夏天，肖楚女从万县到重庆，任重庆女子第二师范学校国文教员。他还兼任《新蜀报》主笔，负责该报社论和时评，充分使用这一阵地，揭露封建军阀统治下的罪恶，分析产生这些罪恶的社会根源。肖楚女到《新蜀报》后，该报的革命观点日益明确，喊出了人民的呼声，受到四川人民的欢迎。

1924年1月，肖楚女因母重病重离渝回武汉。母亲逝世之后，他赴湖北襄阳后转回到武汉。这时，肖楚女已是中国社会主义青年团中央委员。随后到了上海，协助恽代英编辑《中国青年》。

1924年8月初，肖楚女在重庆革命师生和青年团组织的再三要求下，经组织批准，应聘到重庆任《新蜀报》主笔和二女师执教。9月1日，社会主义青年团中央委任肖楚女为特派员，负责领导和整顿成都、泸州、重庆三地的青年团组织。肖楚女决定以重庆团组织为重点。

为了发动群众，培养积极分子，肖楚女和童庸生等发起组织了以研究社会科学为宗旨的"四川平民学社"，在成都等地设立分社。学社出版了《爝光》杂志，宣传革命理论，还创办了3所平民学校。同时，肖楚女等又组织了"学行励进会"他以这些组织成员为基础，举行讲演会、谈话会和读书会，给青年灌输马列主义和十月革命的理论，吸收青年积极分子入团。对于某些人对整顿团组织不理解或设置障碍。他都作了妥善解决，终于成立了更合乎团章规定的重庆社会主义青年团地方委员会。同时还将团员中的优秀分子转入中国共产党。

在此同时，肖楚女还和重庆团地委的负责人一道，领导了各界群众反对日商轮"德阳丸"偷运劣币到重庆的斗争。

这时，国家主义派头子曾琦在《醒狮》报上发表文章，宣扬国家主义，攻击《新蜀报》，谩骂肖楚女。肖楚女撰写了许多文章，驳击了其理论并引导各校进步师生举行国家主义理论讨论会，帮助青年认识国家主义理论的反动实质。为了批判《醒狮》的谬论，肃清其影响，肖楚女特编辑一本名为《肃清》的刊物在群众中散发。

1925年初，中国共产党为支持孙中山出席在北京召开的国民会议促成会全国代表大会，指示各地党团组织支持孙中山的北上行动，并选举赴京参加会议代表。在肖楚女和重庆团地委领导下选出了共产党员和国民党左派共13人赴北京参加国民会议。3月12日，孙中山病逝，噩耗传至重庆，肖楚女立即为《新蜀报》撰写

肖楚女

了沉痛悼念孙中山的社论，并参加领导重庆各群众团体举行大规模的悼念活动。

肖楚女在四川革命的活动，使军阀、官僚深为痛恨。重庆反动当局曾3次胁迫肖楚女离川，甚至欲动武力。为了安全，杨闇公请肖楚女到他家暂住。这时，四川青年团组织的整顿和共产党组织的发展取得了不少成绩，中共四川党组织骨干力量已大体培养出来，肖楚女将自己所负责的工作移交给杨闇公。1925年5月，肖楚女离开重庆，乘船东下去上海。

1927年4月15日，肖楚女在广州反革命政变中被逮捕，4月22日，牺牲于南京石头城监狱。

休言女子非英物　夜夜龙泉壁上鸣

革命不分巾帼与须眉，就在周文雍积极地为党、为人民开展工作的同时，一个年轻的女子走进了周文雍的视线，她，就是陈铁军。

在多个领导机关遭到破坏，大批共产党人和革命群众惨遭杀害，白色恐怖笼罩整个广州的情况下，周文雍奉命留在广州和中共广东区委妇委委员陈铁军假扮夫妻，建立秘密机关，领导群众坚持斗争。

陈铁军，原名陈燮君，1904 年出生于佛山镇的一个归侨富商家庭。陈铁军祖籍是台山县黎洞汇洞里。祖父陈超贤，是个勤劳俭朴的贫苦农民，因封建械斗而逃到佛山落籍。以经营豆腐为生，生活很是贫困。她的父亲陈帮南因生活所迫，只身飘洋海外谋生，经过 10 年的艰苦奋斗，先后在佛山买下店铺 3 间、大屋 5 间和桑

陈铁军与妹妹陈铁儿（坐者为陈铁军）。

基、鱼塘 12 亩，并与人合股经商，成为佛山商界一个知名的归侨富商。

陈铁军像

陈铁军就是出生在这样一个富商家庭里，排行第四。儿时的陈铁军在常人眼里看起来很温和，和普通女孩儿并没有两样。而且还懂做刺绣手工，喜欢收集海螺、贝壳，如今她的故居（佛山市禅城区福宁路善庆坊 6 号）还保留有她玩过的这些小玩意儿。但在她温和的外表之下，却有一种与生俱来的叛逆性格。随着年岁长大，她觉得这种幽居深闺、悠闲自在孤闻寡识的生活没有什么意义；渴望像男孩子一样，冲破封建家庭的羁绊，去见识新时代，接受新知识。

她在这个家庭里，虽然不愁吃穿不愁用，却苦于被浓厚的封建思想所管束。父母还早早就将她许配给佛山何合记盲公饼店的老板为孙媳妇。生性倔强的陈铁军对此十分不满。于是，便要求家里送她上学，像男孩子一样读书。在她的强烈要求下，到了 14 岁那年，家里才允许她和妹妹进了坤贤女私塾读书。可是，那些子曰、诗云，并不是她要追求的知识。勤奋好学的陈铁军开始觉察到自己生活在一个半殖民地半封建的"大家"里，这个"大家"是那么的贫穷，人民是那么的痛苦。她热切地渴望终有一天，世界会大同。

1914年8月23日，日本对德国宣战，经70多日激战，于11月7日全部占领德国租借地胶州湾。1915年1月，日本向中国提出《二十一条》，北洋政府在5月9日，接纳了其中大多数的要求，这原本日方要求保密的协定恰巧为新闻界所得知，并发布该协定，激起了中国人民强烈的愤慨，民众对于日本以及"卖国"的政府非常不满，认为《二十一条》是国耻，同时也引发了不少反日的活动，这种情绪在五四运动中进一步发展并发挥了积极的作用。

1917年8月14日，北京政府向德国宣战，成为第一次世界大战的"参战国"。1918年初，日本向段祺瑞控制下的北京政府提供了大量贷款，并协助组建和装备了一支中国参战军，其贷款还被用于国会庞大的贿选开支。同年9月，北京政府与日本交换了关于向日本借款的公文，作为借款的交换条件之一，又交换了关于山东问题的换文，其主要内容为：1.胶济铁路沿线的日本国军队，除济南留一部队外，全部调集于青

岛。2.关于胶济铁
路沿线的警备：日
军撤走，由日本人
指挥的巡警队代
替。3.胶济铁路将
由中日两国合办经
营。北京政府在换
文中，对日本的提
议"欣然同意"。
驻日公使章宗祥向
日本政府亲递换

段祺瑞像

文，后被北京学生痛殴。在中国对德宣战，与日本同
成为战胜国后，德国在山东的特权没有收回，反而被
日本扩大了，这一换文成为巴黎和会上日本强占山东
的借口。

1914年，第一次世界大战爆发，日本借口对德宣
战，攻占青岛和胶济铁路全线，控制了山东省，夺取
德国在山东强占的各种权益。1918年大战结束，德国
战败。1919年1月18日，战胜国在巴黎召开"和平会
议"。北京政府和广州军政府联合组成中国代表团，以
战胜国身份参加和会，提出取消列强在华的各项特权，
取消日本帝国主义与袁世凯订立的《二十一条》，归还

大战期间日本从德国手中夺去的山东各项权利等要求。巴黎和会在帝国主义列强操纵下，不但拒绝中国的要求，而且在对德合约上，明文规定把德国在山东的特权，全部转让给日本。北洋政府竟准备在"合约"上签字，从而激起了中国人民强烈的反对。进而激起青年们的"五四运动"。

5月1日，北京大学的一些学生获悉和会拒绝中国要求的消息。当天，学生代表就在北大西斋饭厅召开紧急会议，决定5月3日在北大法科大礼堂举行全体学生临时大会。

5月3日晚，北京大学学生举行大会，高师、高等工业等学校也有代表参加。学生代表发言，情绪激昂，号召大家奋起救国。最后定出四条办法，其中就有第二日齐集天安门示威的计划。这四条办法是：（一）联合各界一致力争；（二）通电巴黎专使，坚持不在和约上签字；（三）通电各省于5月7日纪念国耻

章宗祥像

举行游行示威运动；（四）定于 5 月 4 日（星期日）齐集天安门举行学界示威游行。

章宗祥像

5 月 4 日，北京三所高校的 3000 多名学生代表冲破军警阻挠，云集天安门，他们打出"还我青岛"、"收回山东权利"、"拒绝在巴黎和会上签字"、"废除《二十一条》"、"抵制日货"、"宁肯玉碎，勿为瓦全"、"外争国权，内惩国贼"等口号，并且要求惩办交通总长曹汝霖、币制局总裁陆宗舆、驻日公使章宗祥、学生游行队伍移至曹宅，痛打了章宗祥，并火烧曹宅，引发"火烧赵家楼"事件。随后，军警给予镇压，并逮捕了学生代表 32 人。

学生烧掉的赵家楼游行活动受到广泛关注，各界人士给予关注和支持，抗议逮捕学生，北京军阀政府颁布严禁抗议公告，大总统徐世昌下令镇压。但是，学生团体和社会团体纷纷支持。11 日，上海成立学生联合会。14 日，天津学生联合会成立。广州、南京、杭州、武汉、济南的学生和工人也给予支持。5月19日，北京各校学生同时宣告罢课，并向各省的省议会、教育会、工会、商会、农会、学校、报馆发出罢课宣言。天津、上海、南京、杭州、重庆、南昌、武汉、长沙、厦门、济南、开封、太原等地学生，在北京各校学生罢课以后，先后宣告罢课，支持北京学生的斗争。

6月，由于学生影响不断扩大，《五七日刊》和学生组织宣传，学生抗议不断遭到镇压。3日，北京数以

——革命烈士周文雍、陈铁军

刑场上的婚礼

千计的学生涌向街道，开展大规模的宣传活动，被军警逮捕170多人。学校附近驻扎了大批军警，戒备森严。4日，逮捕学生800余人，此间引发了新一轮的大规模抗议活动。

6月5日，上海工人开始大规模罢工，以响应学生运动。上海日商的内外棉第三、第四、第五纱厂、日华纱厂、上海纱厂和商务印书馆的工人全体罢工，参加罢工的有两万人以上。6日、7日、9日，上海的电车工人、船坞工人、清洁工人、轮船水手，也相继罢

北京赵家楼饭店

工，总数前后约有六七万人。上海工人罢工波及各地，京汉铁路长辛店工人，京奉铁路工人及九江工人都举行了罢工和示威游行。

6日，上海各界联合会成立，反对开课、开市，并且联合其他地区，告知上海罢工主张。通过上海的三罢运动，全国22个省150多个城市都有不同程度的反映。6月11日，陈独秀等人到北京前门外闹市区散发《北京市民宣言》，声明如政府不接受市民要求，"我等学生商人劳工军人等，唯有直接行动以图根本之改造"。陈独秀因此被捕。各地学生团体和社会知名人士纷纷通电，抗议政府的这一暴行。面对强大社会舆论压力，曹、陆、章相继被免职，总统徐世昌提出辞职。6月12日以后，工人相继复工，学生停止罢课。6月28日，中国代表没有在和约上签字。

当1919年五四运动浪潮席卷全国时，许多青年学生从广州到佛山来宣传，15岁的陈铁军拉着小七妹陈燮仪（后改名为陈铁儿）在街头听演讲、看传单。当时，有一支由广东省立女子师范学校学生组

织的宣传队到佛山宣传，这是广州佛山籍学生郭鉴冰带领的一批同学，她们的宣传特别吸引着陈铁军。五四爱国运动的革命洪流冲击着佛山这个古镇。这些女青年在街头演讲，大声疾呼反对帝国主义，反对封建主义，提倡男女平等，妇女要解放的道理，提倡民主和科学，这一切，像春雷一样唤醒了陈铁军幼稚而热烈的心。

陈铁军听得津津有味，心灵里萌发了追求解放和光明的思想。一年之后，佛山市出现了第一间新学制的女子小学，名叫"季华两等女子小学校"（现在已改名为铁军小学，位于广东省佛山市），这是郭鉴冰毕业后回佛山开办的一所新型学校。这在当时是很了不起

佛山市铁军小学

的事情，却又使很多人看不惯。旧脑筋的人在背后窃窃私议，说该校标新立异。

陈铁军和妹妹陈铁儿坚决要求转学到这所学校，她的父亲实在拗不过女儿们的强烈要求，便答应了她们的转学要求。

于是陈铁军和七八名同学一起报名，成了这所学校的第一批学生。她们入学后，非常勤奋用功，不但在主要科目上，就连手工劳作都非常认真。至于那些新制度新课程，例如穿制服，上体育课等，一般家长都不大理解，认为穿布衫短裙，有失大家闺秀的体统。但是陈铁军却带头参加。在这所新型学校里，陈铁军受到了新文化、新思想的启蒙教育，成为一名品学兼优的学生。

荣华富贵皆可抛　千金闺秀志气高

陈铁军小学还未毕业，封建的包办婚姻就向她袭来。父母病亡前选定的何家借口老爷患病，要娶孙媳妇过门"冲喜"。哥嫂不顾陈铁军的反抗，秉承父母的旨意，应允了何家的要求。"父母之命，媒妁之言"，在旧社会是天经地义的事，何况对方又是富甲一方的巨商呢。不管陈铁军如何反对，家里也不肯给她取消婚约。连她的老师也劝她可以跟对方见见面，要是有共同的思想基础，还是可以慢慢建立感情的。

陈铁军迫于无奈，最后她与郭老师商量决定要满足她的两个条件才嫁，第一，父母重孝在身，只能拜堂，不能同房；第二，拜堂后要回校继续读书。何家同意了这两个要求后，陈铁军才与何家少爷举行了婚礼仪式。婚礼后，陈铁军三天就回到了娘家，只在头一、

陈铁军

两年，逢年过节去婆家行礼，而后又马上回到学校读书。

不久，陈铁军在季华女校毕业，毕业后，何家就再三催促她回去当少奶奶，享受荣华富贵的生活。哥嫂也申明按照习规，不再供给她继续升学的费用。陈铁军并不屈从，她毅然决定冲破封建礼教的羁绊，便设法变卖了自己的首饰和衣物，冲出了封建家庭，离开了佛山，到广州继续求学，去寻找一条民主自由的道路。

陈铁军到广州后，顺利地通过了插班考试，进入坤维女子中学（现为西关培英中学，位于广州市荔湾区）读书。不久，陈铁儿也进了这所学校。

这是一所专为大家闺秀而设的学校，陈铁军很快就不满意它的教育。于是自己另找一些政治书籍来看。

1927年刊载《湖南农民运动考察报告》的《向导》第191期和《战士》第35、36期。

老革命家谭天度

广州，既是当时的革命策源地，又是社会矛盾的集中点，各种政治思想斗争很激烈。当陈铁军在各种学说思潮的漩涡中彷徨的时候，中共党员、语文老师谭天度老师给她指明了方向，谭天度与其他的老师不同，讲话中插入许多新思想，新道理，还经常与同学们谈论国家大事，妇女解放等问题，于是，陈铁军经常接近谭老师，向他提出这样或那样的问题。谭天度觉得陈铁军是一个勤奋好学，追求真理的青年，就指引她和几个进步同学学习社会主义理论。介绍一些共产主义书籍和当时中国共产党出版的《向导》《新青年》和《政治周报》等刊物给她们，讲解中国的社会现状，解释共产党是什么样的政党等。有一天，她问谭老师："我能不能参加共产党？"谭老师微笑说："参加共产党是可以的，但要考验你一段时间。"他鼓励陈铁军努力创造入党条件，并介绍她认识中共广东省区委妇委负责人蔡畅同志，由党组织考察和培养她。

由于得到谭天度的指导，陈铁军进步很快，还与同学们积极开展了一系列爱国救亡运动。

　　1924年秋，陈铁军考上了广东大学（后改名中山大学）文学院预科后，便积极投身到反帝反封建的国民革命运动中去，继续积极参加进步的学生运动。这年中秋节前后，学校学生会干部选举，陈铁军在冲上讲台慷慨演说时被学校的"士的党"打得头破血流却仍坚持着，后被同志抢救下来入院治疗。谭天度与未婚妻区梦觉（陈铁军的同学，著名妇女运动领袖，后曾任广东省委书记）一起前往探望时，陈铁军仍对"士的党"愤怒不已。为了让气氛轻松点，谭天度指着窗外月亮说："今天月亮多圆啊，真是月圆人寿呀。"陈铁军气呼呼地说："什么月圆人寿？看看我被敌人打破的头，寿什么？"谭天度劝说道："他们毕竟也还是学生，要多说服分化，争取一部分人转变过来。"陈铁军坚决地说道："这是革命与反革命的斗争，没有调和的可能的！"其爱憎分明可见一斑。

谭天度故居

中山大学

孙中山先生十分重视教育，为造就一代振兴中华，再造文明的人才。1923年到1924年，他倡议在广东设立两所学校，一是黄埔军校，一是广东大学，以一文一武的学校模式，为造就"为国家、为人民、为社会、为世界服务"的人才。十字训词是他继承传统的教育形式而赋予时代的、革命的新的教育方针和内容。可以说是近代思想创新的里程碑。

中山大学校训是孙中山先生于1924年11月11日在广东大学举行成立典礼时亲笔提写的。校训词为"博学、审问、慎思、明辨、笃行"。十字训词原文出自儒家经书《中庸》。《中庸》第二十章说："博学之，审问之，慎思之，明辨之，笃行之。"按《中庸》原意是指人具有"诚"之本性，只要按"至诚"之本性从事修身，透过学、问、思、辨、行五个环节，便可以把自己修养成"君子"。

1925年暑假，陈铁军不顾家里人的反对，执意考进了广东大学（次年改名为中山大学）文学院。反抗婚约、离家出走，这在当时需要莫大的勇气，此事在她的家乡也造成了很大的轰动。因为此事，她几乎跟家庭决裂，家里拒绝给她入学的学费，只有她的嫂子偷偷变卖首饰资助她。但其时五四新文化运动风起云涌，她所接触到的新思想、新思维，促使她坚定地走上了革命道路。她常常把进步的老师和同学带到佛山，宣传革命真理，又把一些同心的姐妹吸引到革命的策源地广州，和她们并肩战斗。区夏民、区梦觉都是她的亲密战友。李淑媛，是陈铁军大嫂的妹妹，一直和陈铁军姐妹干革命，后来也英勇牺牲了。

沙基惨案纪念碑

在中国共产党领导下，广州的群众革命运动如火如荼地展开。陈铁军自觉地、积极地到工人中接受锻炼。她到手车夫工会劳工子弟学校教书，到罢工工人家属中去工作，跟她们一起打草鞋、缝衣服，支援北伐大军。她连那白上衣、黑裙子的学生制服

也脱下来了，换上大襟衫、阔脚裤，像一个普通女工一样。她到女工家里问寒问暖，动手帮忙。工人都把她当成自己人，敬重她又疼爱她。

聪明美丽的陈铁军虽出生于富商家庭，却接受先进思潮，选择了艰辛的革命之路，1925年"五卅"惨案发生之后，广州和香港的工人在中国共产党的领导下，于1925年6月，举行了举世闻名的省港大罢工。在6月23日这天，罢工回来的工人和广州革命群众数万人举行了示威游行，声援五卅运动。陈铁军不顾学校要提前放假的规定，带着同学们冲出校门，和区梦觉等人参加了广州声援五卅运动的"六二三"示威游行。她满怀激情地挥着旗帜，振臂高呼反帝口号："为五卅牺牲的烈士报仇！"等口号。当游行队伍行至沙基时，沙基租界的英、法帝国主义者残酷地向游行队伍开枪扫射，制造了震惊中外的"沙基惨案"。在这次游行中，陈铁军感受到群众的伟大力量，也亲眼看见帝国主义的狰狞面目。血的事实教育了她，妇女要真正解放，人类要得到真正的幸福，只有在共产党领导下进行斗争。

陈铁军回到学校后又遭到反动分子的殴打。面对敌人的暴行，陈铁军深深地感到：不把帝国主义和封建主义打倒，人民永远不会得到自由幸福，妇女也不会得到解放。因此，她没有退缩半步，相反，更坚定了在共产党领导下，把反帝反封建斗争进行到底的信念。在五卅运动革命浪潮的冲击下，她由一个追求个

人上进的大学生，转
变为关心国家、民族
前途，积极参加进步
活动的革命者。陈铁
军不久就参加了"新
学生社"，和广大进
步青年一起，高举反
帝、反封建的旗帜，
立志为革命斗争奉
献青春和热血。她
为了表示自己铁下

校友楼是培英中学的标志性建筑物

心肠干革命的决心，将原名燮君改为铁军。这个名
字寄托了她拯救祖国、拯救人民的崇高理想，表示
了她要跟旧我决裂，誓把一切献给党的革命事业决
心。也表现了她随时准备为革命捐躯的坚强意志。
陈铁军曾说："一个革命者，应该学习古今中外伟大
人物的高贵品质和英雄气慨。"有一次，她的三哥心
疼地对她说："你要读书，我可以供你去香港，去英
国或美国。可是你这样整天地干革命，吃不饱，住
不安，若被警察捉去了，连命都没有呀！"陈铁军也
推心置腹地回答说："国家不独立，革命未成功，人
民无幸福，个人哪里会有幸福？"她的满腔热情打动

了她的三哥和三嫂，从此对她的事业很支持。

陈铁军又与同班同学区梦觉等组织起"时事研究社"，学习马克思主义，研究时事政治。她思想活跃，很有志气，经常要求老师解答"如何实现世界大同、妇女解放？"等问题，还不时地在报刊上发表文章。

经过了严格的锻炼，1926年4月，陈铁军加入了中国共产党，不久被选为中共中山大学文学院支部委员。陈铁军入党前后，正是国民党右派先后制造"中山舰事件"和"整理党务案"的逆风时期。国民党右派在中山大学学生中的右派组织"士的党"和"女权大同盟"此时亦积极活动，妄图篡夺中山大学学生会领导权。陈铁军等一批革命学生，与他们进行了坚决的斗争。她的表现受到了同学们的爱戴，因此被选为中山大学中共党支部委员。与此同时，她积极参加劳动妇女运动，被选为广东妇女解放协会秘书长兼第三届委员，还被选为中共广东区委妇女运动委员会委员。党还派她担任妇女运动干部培训班主任，除聘请党内外知名人士讲政治历史理论课外，她自己还负责讲授《妇女运动的目的、任务和方法》等课，深受学员们的欢迎。

区 梦 觉

区梦觉（1906-1992）、女。又名区润燕，化名周爱霞、苏云。广东南海人。早年就读于广州坤维女子中学，曾参与组织时事研究会，参加学生爱国运动，参加广州的"六二三"沙基惨案的游行示威。

1926年，区梦觉加入中国共产党，先后任共青团广州市委委员、广东省济难会文书、广东妇女解放协会主任、中共广东区委妇女运动委员会委员兼共青团广东区委妇委书记，参与组织广东省妇女运动，领导建立各县妇女解放协会。1927年4月，区梦觉赴汉口出席中国共产党第五次全国代表大会。第一次大革命失败后，任中共广州市委秘书兼交通员，同年12月参加广州起义，失败后潜往香港。1928年起，区梦觉任中共广东省委秘书处分配科科长、省委组织部干事。1930年到女子中学任教员，1931年

"九一八"事变后，她组织学生开展抗日救国运动。参与组织成立香港反帝大同盟，任中共党团书记。1932年，区梦觉先后两次被捕，在狱中坚贞不屈，严守机密，坚持斗争。1937年抗日战争爆发后，区梦觉经党组织营救获释出狱，到澳门、广州、韶关等地参加抗日救亡工作。1939年2月，就任中共广东省委委员兼妇女部部长，参与领导发动广东妇女参加抗日救亡活动。1940年底，被选为中共七大代表，随广东代表团步行赴延安，1941年任中共中央妇女运动委员会委员，入中共中央党校学习。1945年4至6月间出席中共七大。在6月成立的中国解放区妇女联合会筹备委员会中任常务委员兼秘书长。解放战争时期被分配到东北工作，历任中共辽源地委组织部部长，辽源地心县委员会组织部部长，中共佳木斯市委书记、勃力地委委员、中共松江省委委员兼妇女部部长等职。组织开办妇女工作训练班，参与领导土地改革，动员

——革命烈士周文雍、陈铁军

发动妇女参加恢复生产，支援东北解放战争。曾参加第二次国际妇女代表会议。1949年到北平出席第一次全国妇女代表大会，被选为中华全国民主妇女联合会常务委员兼秘书长。9月出席第一届全国政协会议。

中华人民共和国成立后，历任中共中央华南分局委员兼组织部副部长、纪律检查委员会副书记，广东省人民政府委员兼广东革命干部学校副校长，中共广东省委组织部部长兼广东中级党校校长，广东省政府监察委员会副主任、主任，中共广东省委常务委员，中共广东省委书记、省委监察委员会书记，中共广东省委书记处常务委员，广东省政治协商会议主席，广东省文史馆副馆长，广东省人民代表大会常委会副主任等职。被选为广东省贫协主席，第一、第三届全国人大代表，中共第八届候补中央委员，中共十二大上被选为中央顾问委员会委员。

中山舰事件

中山舰事件也叫"三二〇事件"。是1926年3月蒋介石为破坏国共合作，夺取革命领导权，蓄意打击和排斥中国共产党的政治事件。

1926年3月20日，开始执行反共政策的蒋介石，设计将中山舰调出广州，随后又以该舰未接命令擅自移动为名诬其阴谋暴动，随即下令逮捕该舰长、中共党员李之龙，并展开一系列的清共行动。史称此事为"中山舰事件"。

中山舰可以说是中国最为出名的军舰之一，有"浓缩的中国现代史"之喻。它原名"永丰舰"，是清政府在1910年以68万银元向日本三菱造船厂订制的钢木结构炮舰。战舰于1913年建成，舰长65.837米，宽8.8米，型深4.5米，设主副炮8门，最快航速每小时25

公里。

　　武备平常的中山舰却与诸多历史事件有关联。1922年，军阀陈炯明在广州发动武装叛乱，炮击总统府，图谋加害"临时大总统"孙中山。孙中山在深夜突围后即登上"永丰舰"指挥平叛，历时55天，使此舰成了他的流动总部。1924年11月，孙中山最后一次搭乘"永丰舰"，转赴北京共商国事，次年3月在京病逝。孙中山逝世后，3月30日，广州国民政府将"永丰舰"改名为"中山舰"，并于4月13日举行更名仪式。一年后，中山舰又因蒋介石制造的"中山舰事件"而再度闻名天下。

　　1926年3月18日晚，时任黄埔军校校长的蒋介石指使其亲信，以军校驻省办事处的名义，到中山舰舰长（代理海军局局长）李之龙家中传达命令，声称奉校长命令，要海军局速派得力兵舰二艘开赴黄埔。其实，这是蒋介石精心设计的第一步，即制造假命令想把中山舰调出广州，以便为其罗织罪名埋下伏线。

李之龙接令后，随即通知中山、宝璧两舰于3月19日晨开往黄埔，向军校教育长邓演达请示任务。邓却回答：不知道有什么任务（邓反对蒋介石独裁，是国民党中比较坚定的左派。李之龙接到的命令是以邓的"电话"为名为转达的，此实为蒋等人玩的一箭双雕之计）。因此，中山舰等当天下午返回广州。

这时，蒋介石和属于右派的孙文主义学会分子开始放出谣言，称"共产党要暴动"、"李之龙要造反"和"共产派谋倒蒋、反国民政府，建立工农政府"等。同时，蒋介石开始大举逮捕共产党人。3月19日深夜，蒋秘令逮捕李之龙、解除中山舰武装，派兵包围省港罢工委员会以及苏联顾问和共产党人的住

刑场上的婚礼
——革命烈士周文雍、陈铁军

宅以及全市共产党机关，还扣押了军内国民党左派党代表和政治工作人员40多人，严密监视邓演达。当广州市内一切布置妥当后，蒋介石电令驻扎潮汕的第一军，将全军党代表撤销并驱逐，以周恩来为代表的全体共产党员退出该军。

蒋介石等人制造"中山舰事件"，目的是夺取在粤海军实力（蒋介石完全清除了国民党第一军的共产党员，完全掌握了第一军的军权，使其成为蒋介石的嫡系部队），清除军队中的共产党力量。此举背叛了孙中山先生制定的"联俄、联共、扶助工农"三大政策，是国民党右派势力分裂国共合作、企图夺权的信号。

历经磨难的中山舰则在抗日战争中的1938年，于长江武汉附近江面被日军击沉。59年后即1997年，这艘名舰被打捞出水。

志同道合共革命　情到深处无须言

1927年4月12日，蒋介石在上海背叛了革命。这就是历史上著名的"四一二"反革命政变。

1927年初，中国革命进入紧急阶段。胜利的北伐战争向长江下游节节推进，直接威震着南京、上海的军阀及帝国主义列强，广大人民欢欣鼓舞，工人运动和农民运动在全国风起云涌，极大地动摇了帝国主义在中国的统治。与此同时，以蒋介石为代表的资产阶级右派篡夺革命领导权的阴谋活动，也日益猖獗。各种反革命力量急速重新组合。

1927年3月28日，中共上海区委主席团会议宣读了陈独秀关于"要缓和反蒋"的信。之后，上海的反蒋斗争开始放松。4月5日，《汪精卫、陈独秀联合宣言》发表后，一部分共产党员十分愤慨，但许多人却误以为局势已经缓和下来。原来在武汉整装

——革命烈士周文雍、陈铁军

刑场上的婚礼

待发的国民革命军第四军、第十一军不再东下，第六军、第二军的绝大部分服从蒋介石的命令，离开南京开往江北，使蒋介石得以控制南京。4月11日，蒋介石发出"已克复的各省一致实行清党"的密令，上海的形势骤变。

　　4月12日凌晨，停泊在上海高昌庙的军舰上空升起了信号，早已做好准备的青红帮流氓打手，臂缠白布黑"工"字袖标，冒充工人，袭击工人纠察队。工人纠察队奋起抵抗。国民革命军第二十六军（蒋介石收编的孙传芳旧部）以调解"工人内讧"为名，收缴工人纠察队武装，1700多支枪被缴，300多名纠察队员被打死打伤。事件发生后，上海工人和各界群众举行总罢工和示威游行，抗议反动派的血腥暴行。

　　4月13日上午，上海烟厂、电车厂、丝厂和市政、邮务、海员及各业工人举行罢工，参加罢工的工人达20万人。上海总工会在闸北青云路广场召开有10万人参加的群众大会。大会通过决议，要求：一、收回工人的武装；二、严办破坏工会的长官；三、抚恤死难烈士的家属；四、向租界帝国主义者提出强烈的抗议；五、通电中央政府及全国全世界起而援助；六、军事当局负责保护上海总工会。会后，群众冒雨游行，赴宝山路第二十六军第二师司令部请愿，要求释放被捕工人，交还纠察队枪械。游行队伍长达1公里，行至宝山路三德里附近时，埋伏在里弄内的第二师士兵突然奔出，向群众开枪扫射，当场打死100多人，伤者不知其数。宝山路上一时血流成河。当天下午，反动军队占领上海总工会和工人纠察队总指挥处。接着，查封或解散革命组织和进步团体，进行疯狂的搜捕和屠杀。在事变后3天中，上海共产党员和革命群众被杀者300多人，被捕者500多人，失踪者5000多人，共产党员汪寿华、陈延年、赵世炎等光荣牺牲。4月15日，广州的国民党反动派也发动反革命政变。当

周文雍像

今天的荔湾区中医院，1927年时的黄德馨产院。

日逮捕共产党员和革命群众2000多人，封闭工会和团体200多个，江苏、浙江、安徽、福建、广西等省也以"清党"名义，对共产党员和革命群众进行大屠杀。

"四一二"反革命政变标志着中国阶级关系和革命形势的重大变化。以蒋介石为首的国民党反动派从民族资产阶级右翼完全转变为大地主大资产阶级的代表。从此，蒋介石和他的追随者完全从革命统一战线中分裂出去。革命在部分地区遭到重大失败。

1927年4月15日，白色恐怖笼罩着广州，反动军阀对共产党操起了屠刀，发动了"四一五"反革命政变。凌晨，大批反动军警包围了中山大学。陈铁军得到情报，在千钧一发的时刻，她勇敢地攀上大树，翻越墙头，逃出了敌人的魔掌。

然而，陈铁军并不只顾自己的安危，而是马上执行组织的命令，经巧妙的化装后逃过军警的耳目，从城内跑到西关，直奔到长寿西路广州市的黄德馨产院，通知因难产而在医院留医的邓颖超撤退。当时任广东妇女解放协会秘书长的陈铁军与党负责妇女运动工作的邓颖超交往很多。1927年初，邓颖超因怀孕留在了广州（当时周恩来已调往上海）。4月，邓颖超住进了长寿西路的黄德馨产院分娩，因胎位不正难产，极漂亮的一个男婴夭折了，她产后身体很虚弱，不能单独行动。

当晚，陈铁军寻求到了医院医生的帮助，共产党员对人民的忠诚，感动了那个信奉上帝的医院女院长黄德馨，她毅然不顾危险地掩护病中的邓颖超。就这样，在该医院院长和护士韩日珍的掩护下，陈铁军把邓颖超化装成医院赴港购药的护士，把邓颖超护送到西河口（现在的人民南路口）坐德国船撤离了广州，取道香港转移到上海。医院在第二天就遭到了特务的搜查，几十年后，邓颖超还带着深深的怀念说，如果没有陈铁军相救，后果是不堪设想的。

不久，陈铁军被学校无理开除，还与党组织暂时

刑场上的婚礼

——革命烈士周文雍、陈铁军

陈 铁 儿

　　陈铁儿，原名陈燮仪，陈铁军的亲妹妹。1926年考入广州中山大学，在姐姐陈铁军的教育引导下走上了革命道路，协助姐姐在广州开展革命活动和地下斗争。同年9月加入中国共产党。广州起义时担任交通员。1928年，陈铁军被捕，陈铁儿为躲避国民党军警的搜捕逃到香港，继续进行革命活动。1929年，她在香港与共产党员林素一结婚。1931年底，她与林素一被港英当局逮捕，被引渡出境交给国民党。当时陈铁儿已经怀孕了，1932年3月，她在广州监狱产下了一个女孩。由于狱中环境恶劣，出世才3天的女儿患上麻疹，而她自己也肺病复发。惨无人道的国民党当局将陈铁儿吃的药给她女儿服用，活活毒死了小生命。几天后，也就是姐姐陈铁军牺牲的第四个春天，陈铁儿也牺牲了，年仅24岁。此前，其夫林素一已牺牲。家人把她们夫妻安葬于广州市登丰路保鸭池的山岗上。

失去了联系。为了避开追捕，她秘密逃回家乡佛山。她的三哥是位商人，见陈铁军回来了十分高兴，但同时也为当时的局势所担心自己的妹妹，便劝她说："现在外面风声很紧，你要为自己的前途、幸福着想呀！"陈铁军理解哥哥的好意，可是，她的态度依然那么坚决，断然回答说："正是因为革命到了紧要关头，才更需要不怕流血牺牲的人。为大众的幸福而被杀头，也就是我的幸福。"三哥见陈铁军不听，便想通过比陈铁军小4岁的妹妹陈铁儿去劝其姐回头。殊不知陈铁儿因受陈铁军的影响，不但忘记了自己的"说客"身份，反而和姐姐一块投入了革命的洪流。

　　不久，陈铁军又找到了党组织。她与党组织恢复了联系后，接受了一项新任务，就是奉命和时任广州市委组织部长的周文雍以夫妻名义做掩护租房子，秘密进行

活动，在广州建立地下市委机关，并从此开展了卓有成效的秘密革命工作。周文雍当时正夜以继日地准备武装起义，反抗国民党的屠杀政策。陈铁军的到来，无疑给这个年轻的革命青年带来更多的帮助和希望。在"家庭"内，他们一

反动军阀张发奎

直保持着纯洁的同志关系。对富家出身的陈铁军来说，穷学生出身的"丈夫"的忘我工作精神不久就吸引了她。她打心眼里佩服这个比自己小一岁的"领导"。

和陈铁军假扮夫妻后，周文雍的主要工作是组织广州工人暴动。1927年9月间，反动头子张发奎从江西率领余部回到广东，他为了夺取桂系军阀在广东的地盘，暂时缓和了对工人群众的压迫，企图骗取工人的好感和支持。在这个新形势下，周文雍根据党的决定，将广州工人运动由秘密转向公开，重新打出旗号，鼓舞工人群众的斗志。10月间，粤系军阀混战，周文雍立即组织召开广州工人代表大会，会议决定，发动工人群众举行罢工。张发奎闻知工人将举行总罢工，当即

撕下了假革命面具。10月19日，他派出军警逮捕了海员工会委员45人、省港罢工委员会委员30人，强行解散罢工工人纠察队。到处张贴禁止罢工的"公告"。广州又笼罩在白色恐怖之中，周文雍等决定改变罢工的计划和斗争策略。组织一支大约1000人的工人队伍，分成100个小组，隐蔽分布，不动声色地给反动军警一个"罢工已经取消"的错觉，迷惑了敌人。10月23日那天，反动派竟无防范。深夜两点钟，周文雍按时下令，1000名工人立即从100个地方涌上街头，汇成队伍，散发传单，高呼口号，游行示威。反动军警此时才大吃一惊，不知所措。这次罢工斗争，在广州工人中影响很大。

汪精卫与陈公博等到了广州。准备把张发奎再打扮成"国民党新左派"，鼓吹民主、自由，借以笼络人心，欺骗群众。省、市委决定彻底揭露汪、陈、张等的

——刑场上的婚礼——革命烈士周文雍、陈铁军

省港工人罢工老照片

广州公社烈士之墓

假左派真右派伪装，并把这个任务交给了周文雍。周文雍于是组织被裁撤的铁路工人、火柴工人2000多人到东山葵园汪精卫公馆喊口号、请愿。向汪提出了释放政治犯及被捕工人，恢复工人的工作、恢复工会活动等严正要求。敌人恼羞成怒，汪清卫、张发奎暗中调集军警，在东皋大道口围捕工人骨干。周文雍为掩护群众撤退，受了重伤，与30多名工人一起不幸被捕。

周文雍虽然被警察逮捕，但却未暴露其真实的身份。党组织成立了营救小组，陈铁军和大家一起制定了营救计划。陈铁军派人把关押周文雍的地点搞清楚后，又让人设法告诉周文雍不饮茶水，陈铁军在以"妻子"身份探监时，偷偷送进许多红辣椒。周文雍吃后满脸通红，如同发高烧一样说胡话，人为的引起了

陈铁军烈士

1904 - 1928

"高烧"，陈铁军又事先疏通了狱医假说是周文雍患了伤寒；再发动狱中难友起哄，迫使敌人把周文雍从监狱送进医院；这时再组织便衣武装，机智地把周文雍从市立医院犯人留医处救出。

周文雍被救出来后，并没有因为受伤而停止工作，仍与陈铁军假扮夫妻在广州做地下工作。他们一方面掩护党的机关，一方面准备广州起义。在二人"家"中，陈铁军像妻子那样日夜照顾刑伤未愈的周文雍，周文雍深深被感动。所谓患难见真情，两人的感情发展到近似夫妻，只差最后一句话未说破。对党的忠诚，对人民的热爱，工作上的互相帮助和生死与共的斗争，把这两个年轻人紧紧地联系在一起。但在当时紧张严酷的现实面前，也为了光荣的革命事业，他们都以事业为重，根本顾不上谈个人的爱情，双方一直在克制着自己，将爱情一直埋藏在心底。

广州起义震中外　甘冒风险受重任

在准备广州起义的时候，陈铁儿也住进机关，担任交通员，掩护陈铁军和周文雍。1927年10月，周文雍被选为中共广东省委候补委员。

1927年11月，属于粤系的军阀张发奎，在广州站稳脚跟后，于11月17日用武力驱逐了桂系军阀李济琛驻广州的机关、部队，接着向西江、北江扩展，夺取了广东政权。李济琛为了夺回在广东失去的地盘，迅速调动兵力，进行反扑。李济琛所属的黄绍竑部集结在广西省（今广西壮族自治区）梧州地区，准备从西

《英雄广场广州起义领导人塑像纪念碑记》

面进攻广州；陈铭枢部则由东江地区向广州推进。张发奎也急忙将其第4军主力调往广州以西之肇庆地区，一部调往广州以东的石龙地区。李福林第5军则分别驻守在韶关、江门等地。此时，粤桂军阀之间的战争，一触即发。正因此，张发奎在广州市内的部队，仅有第4军军部、教导团、警卫团、新编成的第2师第3团、担负训练任务的炮兵团和一些警察武装。另外，第5军军部和少数部队驻守在珠江南岸。这些部队中战斗力最强的教导团和警卫团一部，则为共产党所掌握。仅就广州市区的力量对比来看，确实是举行武装起义的有利时机。由于张发奎抽调主力迎战另一军阀李济深，所以广州城内只剩不到7000人的兵力。"军阀的血战，会给广州工人以机会……工人只有自己起来夺取政权，方有出路。"时任中共广东省委书记的张太雷，在给中央的一封信中写道。但是，粤桂军阀之间的战争，尚未大规模爆发，张发奎的

中共领导人张太雷，时年29岁。

部队仍驻守在广州外围，这无疑将对起义构成严重的威胁。

虽然大革命失败后，白色恐怖笼罩着中华大地，党被迫由公开转入秘密斗争。但最终，根据党的"八七"会议精神，结合当时广州的实际情况，中共广东省委还是决定举行广州起义。

叶挺

陈铁军和周文雍一起积极地投入到发动广州起义的筹备工作中去。陈铁军当时是中共广州市委秘书，这期间，陈铁军以充沛的精力和严谨的作风贯彻执行组织分配的各项指示和任务。她从早到晚和周文雍一起辛勤地工作，草拟起义纲领、口号，书写横额、标语和印传单。

她机智勇敢地掩护周文雍发动群众、组织武装、筹集经费、运送弹药。陈铁军和陈铁儿俩人带着女工们分头购买红布，日夜赶制起义用的标志红领巾、红

袖章等等，以作起义时的标志用。1927年11月下旬，在广州工农兵代表会议上。周文雍被选为"广州起义政纲起草委员会"委员，负责协助省委书记张太雷草拟起义政纲和口号。并被任命为广州武装起义总指挥部行动委员会委员，兼任工人赤卫队总指挥。

1927年11月26日，广州起义的指挥部——由张太雷、黄平、周文雍三人组成的革命军事委员会正式成立。随后，指挥部任命叶挺为起义军事总指挥，叶剑英为副总指挥，徐光英任参谋长。据叶挺的儿子叶正大回忆，作为起义军事总指挥，叶挺是在起义前几小时前从香港赶到广州的。周文雍作为行动委员会的主要负责人之一，除了担任工人赤卫队总指挥，还直接参加了起义的准备工作。

因觉察到广州城外敌军的调动，原定于12月13日举行的起义提前至11日凌晨3时，广州工人阶级和革命士兵举行震撼中外的武装起义爆发了。在张太雷、叶挺、叶剑英、周文雍、聂荣臻、杨殷等领导下，教导团、警卫团一部和工人赤卫队，分别对驻扎在市内各处的敌人发起猛烈攻击，参加起义的武装力量主要是叶剑英率领的第四军教导团和周文雍率领的广州工人赤卫队，大约6000余人。起义爆发后，周文雍坚定、沉着、果敢地指挥工人赤卫队投入战斗，配合起义军猛攻敌人的各个军事据点，很快占领广州的大部分地区。经过两个多小时的激烈战斗，歼敌1000余人，起义军占领了广州城区。

市郊和附近一些县的农民群众，也组织暴动，响应起义。通过流血战斗，当天上午，广州苏维埃

政府——广州公社宣告成立，广州苏维埃政府的红旗上，有陈铁军的针线，也有陈铁儿的针线。政府成立后，苏兆征任主席（因病未到任，由张太雷代理）。当天上午，周文雍被选为人民劳动委员和苏维埃政府的教育部长。在党内的领导职务是中共广东省委委员。并指挥起义部队继续扫荡残敌。

广州苏维埃政府发表宣言说，"应该一点都不怜惜地消灭一切反革命。""应该即刻给工人八小时工作制。""没收一切大资本家的公馆洋楼做工人的寄宿舍。""禁止国民党的活动，它的一切组织应立即取消。"并颁发各项法令，宣布：一切政权归苏维埃；打倒帝国主义，打倒反动派国民党和各式军阀；一切土地收归国有。

广州起义的油画

广州起义震惊了中外反动派，起义后第二天，反革命的各种力量立即联合起来向广州进攻。在英、美、日等帝国主义的军舰和陆战队的支援下，张发奎急调3个师回援，纠结5万兵力从南、西、北三方直扑广州。英、美、日、法等国的军舰也派出陆战队登陆进攻起义军，准备向新生的苏维埃政权反扑。12月12日下午2时，张太雷开完工农兵群众大会返回总指挥部，途中突然遭到从大北门窜来的一队敌军的袭击，不幸中弹牺牲。这一天，敌人多次向起义军阵地反扑，因众寡悬殊，起义军已处于守势。此时，长堤方向告急。警卫团的领导不会粤语，难以同工人协调，到指挥部要一名翻译。周文雍看看身边只有陈铁军可派，在枪炮声中两人面对可能的生离死别，只能深情地互道珍重而分手。

12月13日，敌人大量增兵，向起义军疯狂进逼。起义军总指挥部紧急命令撤出广州。在起义军主力撤离广州过程中，部队被打散了，一群国民党兵追了上来，起义主要领导人眼看就要被逮住，叶挺掏出一把钞票向空中一撒，趁敌人抢捡钱的工夫，他们才得以安全撤退。周文雍率领部分起义武装，与十多倍于自己的敌人短兵相接，顽强拼搏，为保卫新生的苏维埃政府，不怕牺牲，奋勇死战，直到弹尽援绝，最后终于杀出一条血路，突围撤离广州。起义军经过几天几夜的英勇奋战，终因敌我力量过于悬殊而失败。革命群众七八千人惨遭杀害。

在中外反动派的疯狂反扑下，苏维埃政权只存在了3天——12月13日，起义军被迫撤出广州市区。一部分在花县改编为红四师，开赴东江同海陆丰农民起义军汇合；另一部分沿西江到达广西左右江，后来参加了百色起义；还有一部分则北上韶关，找到朱德、陈毅率领的部队，后来上了井冈山。

——革命烈士周文雍、陈铁军

刑场上的婚礼

轰轰烈烈的广州起义最终还是宣告失败了，5000余起义将士，只有教导团撤出了广州。事后叶挺被迫逃往香港，开始长达10年的漂泊生活。直到1937年抗战爆发，叶挺才毅然回国，接受党的派遣，出任新四军军长。

《刑场上的婚礼》剧照

广州起义是继南昌起义、秋收起义之后，中国人民向反革命势力进行的又一次英勇的反击，也是中国共产党领导工农武装夺取政权的一次重要尝试。起义虽然失败了，但在中国革命史上，留下了光辉的一页。广州起义创建了第一个城市苏维埃。而它的失败，也再次证明了"城市中心论"的失败。

广州起义失败后，周文雍和陈铁军、陈铁儿转移到香港（这是当时的省委所在地），负责转移到港人员的联络和安置工作。起义失败后的广州，到处笼罩在白色恐怖中，党的组织遭到严重的摧残和破坏，几乎全部陷于瘫痪状态。当时，李立三代表中央到香港处理起义善后，他认为周文雍领导不力，由省委决定开除其委员，调做下层工作。其实，广州起义的失败并非周文雍的责任，但他抱着对革命的赤诚，对组织上的处理没有计较。广东省委在香港召开会议，总结经验教训，研究重建党的组织，恢复革命斗争。会议提出，必须派一个坚强的有威信的领导同志回去，建立据点，开展工作，并认为周文雍是合适的人选。周文雍长期在广州组织和领导工人运动，在工人群众中有较高威信，有长期秘密工作的经验，有坚定的革命精神，他回广州一定能够重建党的组织，开展革命斗争。但同志们同时也担心，周文雍是广州起义的领导者之一，目标很大，回去非常危险。但是周文雍最终仍然以革命利益为重，勇敢地承担了党交给他的任务。

1928年1月，周文雍当选为中共广州市委常委、广东省委常委。在党组织掩护下，他再度与陈铁军扮作夫妻回到了处在白色恐怖笼罩中的广州，陈铁军扮成雍容华贵的"金山少奶奶"，在广州拱日路租了一间洋房住下，迎接打扮成从美国归来的"金山阔少"周文雍。陈铁儿也作为二人的交通员一道返回广州，三人在严峻的形势下，继续从事革命活动。回到广州后，周文雍和陈铁军有时扮作富商，有时扮作苦力工人，找寻失去联系的党员，重建秘密联络点。在共同的革命斗争中，两颗

年轻的心走得更加近了。

不久，周文雍、陈铁军选择了租住荣华西街的二楼建立党的秘密机关，之所以选择这里作为革命据点，是与周文雍作为工人领袖的职务有关。西关是当时产业工人最集中的地方，西关的商行云集，每个商行都有雇佣工人；而当时城内的主要交通工具是黄包车，这里有大量黄包车工人；荣华西街不远的南边是当时外国租界的沙面，聚集了大量洋务工人；另外西关的水厂、电厂等大工厂内更有大量工人。在拱日路、荣华西街租住，更有联络工会组织、发动工人运动等方面的工作便利。此外，荣华西街这一带还有容易藏身、不易暴露身份的好处。

烈士铁血溅黄花　刑场婚礼永流传

　　陈铁军姐妹俩经常冒着生命危险，协助周文雍寻找失散的共产党员和革命同志。他们相互掩护，紧密配合。周文雍在她们的掩护和协助下，很快就恢复重建了广州市委秘密机关，并积极进行恢复党组织的工作。还酝酿在春节期间发动工人举行"春季骚动"，即在广州的公共场所、繁华街道，散发革命传单，告诉广州人民群众，广州起义虽然失败了，但革命并未完结。陈铁军除了在广州联络同志外，还利用春节回佛山活动了几天，向其哥嫂筹得200元的款项作为活动经费，大年初二便回到了广州。

　　本来，西关这一带富商聚居，有大量西关大屋、洋房骑楼、祠堂，也是大量工人的聚居点，周文雍、陈铁军装扮成富商住入其间，应该是相当安全的，不料，由于叛徒告密，广州市委发动"春节骚动"的传单落在敌人手里，敌人便在全市开展大搜查，白色恐怖更加严重。广东省委要陈铁军到香港汇报，陈铁军考虑到广州局势日益严峻，决定不能在这个时候离开，便让李淑嫒到香港汇报。1928年1月27日这天上午，广州乐安坊的一个秘密机关被敌人破获，叛徒供出了陈铁军的活动据点。下午四时，国民党反动军警包围了住于广州荣华北街的市委秘密机关。

陈铁军镇定地处理完文件后，听到动静，让同样是地下党员的妹妹陈铁儿从阳台逃走，自己却留下搬动窗台的花盆发出信号，示意外出的周文雍赶快离开。不幸的是，周文雍未发现这一告警信号，一步跨进寓所。就这样，陈铁军和周文雍俩人不幸同时被捕，落入敌人的魔掌中。妹妹陈铁儿在邻居的帮助下得以及时撤离而脱险。

周文雍、陈铁军在狱中受尽威逼利诱和酷刑，但他们始终坚贞不屈。当时审讯周文雍的法官是国民党司法厅的一个周姓庭长，与周文雍同是开平人，在审讯中想方设法对其诱降，但他的讯问和利诱常被周文雍大义凛然的正气和道理反驳得张口结舌。

阴险狠毒的敌人为了让他们屈服，用"吊飞机"、"老虎凳"、"插指心"等酷刑迫害他们，又用金钱地位、物质享受等来诱惑他们，妄图摧毁这两个坚强的共产党员的革命意志。但陈铁军和周文雍始终保持了共产党员大义凛然、坚贞不屈的革命气节，没有向敌人吐露党组织的任何机密。在狱中，他们不屈不挠，坚持斗争。敌人强迫周文雍写自首书，他愤怒地拿起笔来。痛斥反动派的无耻罪行，并在墙上写下遗诗："头可断，肢可折，革命精神不可灭。壮士头颅为党落，好汉身驱为群裂！"

敌人无计可施，决定开庭判决。周文雍又利用法庭这个讲坛同敌人斗争，宣传革命真理。

敌法官问："你是不是共产党员？"

周文雍："是！"

刑场上的婚礼
——革命烈士周文雍、陈铁军

敌法官："你为什么要参加共产党？"

周文雍："为了全中国人民的自由和解放。"

敌法官："哪些人是共产党？从实招来！"

周文雍："全中国的工农都是，你去抓吧！共产党是杀不完的。"

这一大义凛然的回答彻底让敌人泄了气。

周文雍和陈铁军经受了敌人的严刑拷打和名利的诱惑，始终坚贞不屈，毫不动摇，显示了共产党人为真理英勇献身的大无畏精神。被捕入狱，没有动摇他们的信仰，也不能泯灭他们对人生美好的依恋，长期积蓄的爱情之火在活地狱中升腾了。

黔驴技穷的敌人在软硬兼施都不能得逞后，便决定对他俩下毒手。敌法官问周文雍有什么要求，他提出和妻子陈影萍（陈铁军当时的化名）照一幅合影，敌人应允了，把摄影师带到监狱里来。周文雍和陈铁军肩并肩站在铁窗下照了一张相，以作为他们的结婚照，也作为给党和同志们的永别留念。照片上的枣红色大围巾是陈铁军三嫂亲手织成送给铁军的，拍完照后，陈铁军便把这围巾塞给了衣着单薄的周文雍。正是这股爱意一直温暖着他踏上刑场。

这一次因为周文雍有几个月前被捕后又被营救的经历，敌人恐怕出现什么差错，于是在几天内就宣判周文雍和陈铁军死刑。当敌法官宣判他们死刑时，他俩神态自若，视死如归。

1928年2月6日下午4点，周文雍和陈铁军与另一李姓革命者被押在黄包车中游街示众后押赴刑场，前面有囚车开路，后有装甲车和大批军警押送。当他们被敌人从广州长堤的国民党卫戍司令部监狱押赴刑场时，依然气宇轩昂，沿途三人一路高呼"打倒国民党反动派！""中国共产党万岁！"等口号，并一路高唱《国际歌》。群众闻声赶来，无不为之感动得流泪饮泣。他们尾随刑车，形成悲壮的送别行列。

党的优秀儿女周文雍和陈铁军，被敌人押送到广州红花岗畔的刑场上。天空乌云密布，一队队国民党

反动军队荷枪实弹，三步一岗，如临大敌。刑场中央，周文雍和陈铁军这对年轻的革命伴侣，拖着沉重的脚镣，高昂着不屈的头颅并肩屹立。

在刑场上，面对眼前一排黑洞洞的枪口，两位烈士态度从容，面不改色，昂首挺胸，周文雍身着一袭朴素长衫，一脸无所畏惧的坚强、刚毅神情；陈铁军依然那样端庄秀丽，成熟坚强。天下着毛毛细雨，寒风刺骨。在愁云惨雾、寒风呼啸中，陈铁军同志首先向周围前来送别的群众道别，然后深情地凝视着亲密的战友周文雍同志。在这生命的最后时刻，他们都为彼此对党的无限忠贞而骄傲，他们的爱情，也像烈火一般燃烧着他们年轻的心。他们多么渴望能够永远相爱下去，并肩携手地为党工作，为革命战斗啊！可是，反动派的魔爪立刻就要夺去他们的生命了。这样崇高的革命爱情，不应该让它永远埋藏在心里，应该公开告诉人民，以激起人民对反动派的刻骨仇恨，并让广大人民都知道，对于一个共产主义战士来说，生命诚可贵，爱情亦美好，若为革命故，二者皆可抛。陈铁军同志紧紧依偎着周文雍同志，怀着满腔激情，高声向群众说："亲爱的同胞们，姐妹们！我和周文雍同志的血就要洒到这里了。为了革命，为了救国救民，为了共产主义的伟大事业而牺牲，我们一点也没有感到遗憾！同胞们，过去为了革命事业的需要，党派我和周文雍同志同住一个机关。我们的工作合作得很好，两人的感情也很深，但是，为了服从革命的利益，我们还顾不得来谈私人的爱情，因此，我们一直保持着纯洁的同志关系，还没有结婚。今天，我要向大家宣布："当我们把自己的青春生命都献给党的时候，我们就要举行婚礼了。让反动派的枪声，来做我们结婚的礼炮吧！"但这时枪声并未响起，一个军官把陈铁军拉开，拔掉插在她身上的标明枪决的木签，又对她作最后诱降。陈铁军奔回周文雍身边，慷慨地说："我们要同生共死！"顷刻之间，她又显得十分娴静，她看见周文雍的白衬衣的领子向内折，就温文地为他整理，并且说："我们要整整齐齐、神采奕奕地就义。"周文雍点点头，微笑向她表示谢意，同时提起她围巾的一端搭在自己的肩上……

接着，周文雍同志和陈铁军同志同声高呼："同胞们！同志们！永别了，望你们勇敢地战斗，共产主义一定会胜利，未来是属于我们的！"

演说完毕，周文雍把收藏着的起义时使用的红领带挂在两个人的脖子上。他们手挽手、肩并肩地站立着。红花岗，是他们的刑场，是他们的战场，也是他们举行那庄严而高尚的婚礼的礼堂。他们昂起头，蔑视敌人的死刑，带着希望的微笑，把那扑不灭的火种留给后来的人们。

一对革命情侣，党的好儿女，带着对旧世界的彻底否定，对共产主义新世界的热烈向往，面对敌人的枪口，就这样从容不迫地举行了千古绝唱的刑场上的婚礼，英勇地牺牲在了红花岗上，为党和革命流尽了最后一滴血。时年周文雍23岁，陈铁军24岁。这一天，时值农历正月十五，这也是中国的情人节。这是一个多么壮观、辉煌的场面：两个均如此年轻的共产党员，为了党的光辉事业慷慨赴义，在敌人的枪口下举行了婚礼，并豪气冲天地发表了最后的演说。就在敌人的罪恶子弹出膛的一瞬间，他们还双双振臂高呼："同志们，革——命——到——底！"充分表现了共产党人坚定的理想信念，视死如归的革命英雄主义气概，他们用生命和爱情谱写出一首千古绝唱。在中国无产阶级革命史上写下了一首可歌可泣的诗篇。这场婚礼，没有美丽的婚纱，没有芬芳的鲜花，没有悠扬的音乐，没有长长的红地毯，有的只是烈士的从容，有的只是革命党人的无畏和令人难忘的振奋人心的口号。

次日，当时的黄包车工会秘书李沛群经过艳芳照相馆时，看到刚牺牲的两战友的合照，便含泪买了下来作为永远的珍藏。在陈铁军和周文雍把生命献给党的最后时刻中，他俩在敌人的铁窗下照的这张合照，就是他俩留给党和人民的革命英雄儿女最好的纪念证物。

周文雍和陈铁军一起，为了中国人民的解放事业献出了年轻的生命。刑场上的婚礼是那样的大义凛然，而又是那样的柔情似水。天公似乎仍在为这对出师未捷英年早逝的英烈悲泣，苍天见证了他们刑场上的婚礼。他们生就生得顶天立地，死也死得轰轰烈烈，让人肃然起敬。他们在生命中最美的季节告别了这个世界，那两张俊美的容颜却那么从容自若、刚毅淡定，甚至漾着一晕淡淡的幸福！是的，他们是幸福的，为了社会主义，为了人民，他们奉献了自己的青春，只要人类还敬畏崇高和向往爱情，我们就有理由相信，他们的铁血和浪漫就必将代代传扬。

在中华民族灾难深重，长夜漫漫、风雨如晦日的岁月里，有多少忠贞的共产党人和革命志士，壮怀激烈，视死如归，以自己的鲜血和生命去成就党的事业。在我们国家逐渐强大，人民日渐富裕，过着幸福的生活，享受胜利果实的今天，烈士鲜血浇灌的芳草如今依然茂盛常青，我们千万不能忘记千千万万个周文雍、陈铁军这样的先烈和英雄们，是他们的鲜血染红了五星红旗，是他们用不朽的尸骨奠定了人民共和国的基础。

烈士们！请接受我们最崇敬的敬礼！

刑场上的婚礼

——革命烈士周文雍、陈铁军

中华魂·百部爱国故事丛书

提　　要

《誓与禁烟相始终——民族英雄林则徐》

林则徐严禁鸦片，坚决抵抗西方列强的侵略，坚持维护国家主权和民族利益。他是中国近代历史上第一位睁眼看世界的人，是抗击帝国主义殖民侵略的第一人，是中华民族抵御外侮过程中伟大的民族英雄。

《血洒虎门御敌寇——抗英将军关天培》

民族英雄关天培，在第一次鸦片战争中为了抗击英国侵略者的入侵而血洒虎门，为国捐躯，谱写了一曲可歌可泣的英雄赞歌。关天培用他的生命，书写了中国人民反抗外侮的历史。

《威震镇海靖节魂——抗敌英雄裕谦》

在第一次鸦片战争期间的众多牺牲者中，有一位官阶最高，他就是两江总督裕谦。裕谦与外国侵略者斗争立场坚定，与国内妥协派、投降派斗争态度坚决。裕谦督战镇海，与英国侵略军浴血奋战，临危不惧，以身报国，浩气长存。

《斩邪留正解民悬——太平天国领袖洪秀全》

农民出身的洪秀全，从失意文人到起义领袖，经历了长期的思想演变过程，在外敌入侵、清朝政府腐朽的历史环境之下，顺应时代的潮流，成长为一位非凡的历史英雄人物，建立了与清朝政府相抗衡的农民政权——太平天国。

《仰承汉唐　荟萃中外——近代数学家李善兰》

李善兰是我国19世纪重要的科学家之一，在数学、天文学、力学等方面都有重大建树。他继承了我国古代数学的成就，又以极大的热情传播西方科学文化，"仰承汉唐，荟萃中外"，把自己的一生献给了科学事业。

《严谨治学　勇于探索——近代著名数学家华蘅芳》

华蘅芳，中国近代数学家之一。其精通中国古算学，并熟练掌握西方近代数学，是中国验证抛物线并著书立说的参与者。为了证明"外国有的，中国也能造"而鞠躬尽瘁，在引进西方科学技术、传播科学知识上贡献卓著。

《折冲樽俎护山河——近代著名外交家曾纪泽》

曾纪泽是中国近代史上著名的爱国外交家，在中俄伊犁交涉事件中，他秉承抵抗列强、保卫国家的坚定意志，利用外交手段全力同沙俄抗争，捍卫了国家主权、民族尊严，收回了祖国的领土，在近代中国外交史上留下了光辉的一页。

《甲午海战留英名——民族英雄邓世昌》

邓世昌，北洋水师名将。本书以邓世昌的成长过程为线索，以代表性的历史故事为主要内容，还原真实的历史事件，突出鲜明的人物性格。邓世昌因在中日甲午海战中突出的英雄气概而名垂史册，书写了伟大的爱国主义篇章。

《誓与舰队共存亡——北洋水师提督丁汝昌》

丁汝昌处在清朝政府的腐朽和李鸿章的专断下，难以施展爱国的抱负，壮志未酬，愤恨而终。但丁汝昌为建立近代海军作出的巨大贡献，带领北洋舰队爱国官兵勇抗强敌的英雄事迹，将永远为后代所传颂。

《镇南关上凯歌扬——抗法老英雄冯子材》

1885年中法战争中，年逾古稀的冯子材为抵御外国侵略，勇赴国难，大败法军于镇南关，并乘胜追击，接连收复文渊、谅山等地，从根本上扭转了中法战争的局面，成为近代民族英雄的杰出代表。

《屡败法军逞英豪——黑旗军将领刘永福》

刘永福是黑旗军的创建者，是农民出身的杰出军事家、政治活动家。在19世纪发生的援越抗法、中法战争中，他率部与帝国主义侵略者进行了殊死的战斗，建立了卓越的功勋，成为我国近代史上著名的民族英雄，为后世所景仰。

《矢志变法强国家——戊戌变法领袖康有为》

康有为是清末民初最有影响力的思想家之一。他领导了中国知识界的启蒙运动，掀起了一场自上而下的政体改革。他最早在中国提出了立宪政体和具体的宪政方案，主张在坚持儒家传统和帝制的前提下，学习西方经验，他的进步思想对近代中国具有深远的影响。

《开民智以报国 普新知而图强——戊戌变法思想家梁启超》

梁启超，中国近代史上著名的政治活动家、启蒙思想家、史学家、文学家，戊戌变法领袖之一。本书以百日维新思想家梁启超的成长过程为线索，以代表性的历史故事为主要内容，还原真实的历史事件，突出鲜明的人物性格。

《我自横刀向天笑——维新志士谭嗣同》

谭嗣同在民族危机的严重时刻，投身改革救中国的洪流。为了带给祖国一个光明的未来，紧要关头，他挺身而出，用自己的鲜血激励后人，把宝贵的生命献给了变法事业。

《睡乡敢遣警世钟——用生命警策国人的陈天华》

陈天华是民主革命的活动家和宣传家。他写的《猛回头》《警世钟》等书，起到了革命启蒙的重大作用。为了激发留日学生的爱国情怀，他不惜投海自杀，演出了近代史上感人至深的一幕，给后人留下了难忘的印象。

《革命军中马前卒——民主斗士邹容》

革命乃"至尊极高，独一无二，伟大绝伦之一目的"；它是"天演之公例，世界之公理，顺乎天而应乎人"的伟大行动。因此，必须"仗义群兴革命军"。他激情高呼："革命独子万岁！中华共和国万岁！"这就是《革命军》的作者，中国近代著名资产阶级革命宣传家邹容。

《休言女子非英物——鉴湖女侠秋瑾》

为民族解放和妇女解放而英勇斗争的秋瑾，冲破封建礼教的思想牢笼，打碎封建精神枷锁，崇仰真理，追求光明，主张共和，坚持男女平等，最终献出了自己年轻的生命。

《血溅校场　杀身成仁——民主斗士徐锡麟》

本书讲述了反清志士徐锡麟弃文从武、投身反清革命事业，最终被清政府杀害的故事。出于对国家的热爱，徐锡麟献出自己的生命，他的事迹将永远激励后人深切缅怀这位民主革命的先驱。

《生可死耳　我志长存——献身民主的禹之谟》

禹之谟，民主革命党人，同盟会会员，近代资产阶级革命家、实业家。1886年，20岁的禹之谟"提三尺剑，挟一卷书"游历四方，研究西方社会政治学说，忧国忧民之心日趋强烈。戊戌变法失败，他丢掉改良幻想，倡革命救亡之说，走上民主革命道路。

《物竞天择　适者生存——资产阶级启蒙思想家严复》

严复是中国近代著名的启蒙思想家、翻译家和教育家。他长期从事教育和翻译事业，为近代中国人才培养和思想启蒙做出了重要贡献，同时他也为中国的翻译事业和中西思想文化交流做出了重要贡献。

《辛亥革命急先锋——资产阶级革命家黄兴》

黄兴，清末民初资产阶级革命家，中华民国开国元勋。黄兴在武昌首义及辛亥革命时期的爱国表现，与孙中山闻名于当时，常被时人以"孙黄"并称。本书以资产阶级革命活动实干家黄兴的成长过程为线索，歌颂了先辈伟大的爱国主义精神。

《矢志革命　百折不回——近代民主革命家廖仲恺》

廖仲恺追随孙中山踏上了创立民国与捍卫共和制的旧民主主义革命

之路；在新民主主义革命时期，他为建立、巩固首次国共合作和实施三大政策，英勇奋斗，为国殉职，洒尽了一腔热血。

《将军拔剑南天起——护国英雄蔡锷》

蔡锷是中国近代史上的杰出军事家、爱国者。他的一生短暂而伟大。辛亥革命爆发，他毅然投身于革命洪流之中，领导云南重九起义，对武昌起义积极响应。袁世凯窃国复辟、恢复帝制的阴谋暴露出来以后，他又毅然举起了武装讨袁的旗帜。

《反帝反封建运动——五四青年的爱国故事》

五四运动是一次伟大的反帝反封建的爱国运动；是一个伟大的历史转折点；是中国人民的斗争从挫折走向胜利的一个关节点，它为中国的前进开辟了一条全新的道路，拉开了中国新民主主义革命的序幕。

《思想自由 兼容并包——著名教育家蔡元培》

蔡元培是中国近现代著名的民主革命家和教育家，一生经历风雨，却始终信守爱国和民主的政治理念，致力于废除封建主义的教育制度，奠定了我国新式教育制度的基础，为我国教育、文化、科学事业的发展做出了富有开创性的贡献。

《为国家争光 为民族争气——中国铁路之父詹天佑》

詹天佑是我国最早的杰出铁道工程师，因主持建造京张铁路而闻名中外，被誉为"中国铁路之父"。他为祖国的铁路事业贡献了毕生的精力。本书向读者展示了詹天佑热爱祖国、科技兴国的辉煌人生。

《实业救国 衣被天下——轻工之父张謇》

张謇是爱国实业家、教育家。他年轻时中过状元。过了40岁，开始投身工商实业活动中，他的名言是"富民强国之本在于工"。在南通，创办大生丝厂、银行等各种实业。并将创办实业的大部分所得投入教育。他的观点是，教育和实业一样，也是"富强之大本"。

《心向革命 追求光明——平民将军冯玉祥》

冯玉祥将军"是一位从旧军人转变而成的坚定的民主主义战士"。

抗日战争期间，他辗转各地，用实际行动积极抗战。日本战败投降后，他为了断绝美国的援蒋内战，又在美国四处演说，揭露蒋介石统治之黑暗，痛斥美国阴谋分裂中国的不良行为。

《刑场上的婚礼——革命烈士周文雍　陈铁军》

周文雍是广州起义的主要领导人之一。陈铁军出身于华侨商人家庭，却毅然投身革命洪流。1928年1月，两人接受派遣，回到广州假扮夫妻从事革命斗争，却不幸被捕。临刑前，两位烈士将敌人的枪声当作自己婚礼的礼炮，用生命和爱情谱写出一曲千古绝唱。

《星星之火　可以燎原——井冈山斗争的故事》

1927—1929年，毛泽东、朱德等老一辈革命家，在井冈山创建了农村革命根据地，进行了艰苦卓绝的斗争，建立了新型革命武装，点燃了工农武装革命之火，找到了农村包围城市最后夺取政权的中国革命的正确道路。

《新民学会的主要发起人——中国共产党早期革命家蔡和森》

蔡和森青年时期曾与毛泽东等人一起组织进步团体新民学会，参加五四运动，并在赴法国勤工俭学时研读大量马克思主义著作，回国后以满腔热忱投身革命事业，成为中国共产党早期重要的理论家和宣传家。

《威震黄浦江畔　高奏抗日壮歌——一·二八淞沪抗战》

面对日本侵略者的挑衅，十九路军在蒋光鼐、蔡廷锴的带领下，高举义旗，奋力一搏。一·二八淞沪抗战，是中国军人捍卫军人荣誉和祖国尊严所发出的吼声，谱写了一曲抗击日军侵略的英雄壮歌。

《将军恨不抗日死——慷慨就义的吉鸿昌》

在国难深重的20世纪30年代，吉鸿昌将军因拒绝执行国民党指示，坚决不打内战，被迫携眷出国"考察"。回国后，他加入中国共产党，组织了民众抗日同盟军，英勇打击日本侵略者，后于1934年11月被国民党反动派杀害。

《献身革命　甘于清贫——梅岭忠魂方志敏》

　　大革命失败后，方志敏凭着"两条半步枪"起家，身经百战，创建了赣东北革命根据地和红十军。本书真实记录了方志敏投身于革命、领导红军和敌人进行艰苦卓绝斗争的经历，歌颂了烈士贫贱不移、威武不屈、献身革命的高尚品质。

《奏响中华最强音——人民音乐家聂耳》

　　聂耳在他有限的生命中创作了数十首革命歌曲，在抗日救亡运动中，聂耳的这些歌曲产生了广泛深远的影响。他的音乐创作为中国无产阶级革命音乐的发展指明了方向，树立了榜样。

《横眉冷对千夫指——中国文化革命主将鲁迅》

　　鲁迅不但是伟大的文学家，而且是伟大的思想家和伟大的革命家。在那风雨如晦的黑暗年代里，他以笔为投枪，同一切帝国主义和反动派进行了顽强的战斗，为中国人民树立了一个不朽的丰碑。他是新文化战线上的一面光辉旗帜，是我们伟大民族的灵魂。

《铁流两万五千里——红军长征的故事》

　　红军长征是人类历史上的一次伟大的壮举。第五次反"围剿"失败后，中国工农红军的三大主力在极端艰难的条件下，突破国民党军队的围追堵截，进行了史无前例的战略大转移，总行程达两万五千里以上。途中发生了许多动人故事，至今令人难以忘怀。

《荣辱不移革命志——创建陕北红军的刘志丹》

　　刘志丹是杰出的无产阶级革命家、军事家，西北红军和西北革命根据地的主要创始人之一。他一生热爱人民，追求真理，英勇善战，百折不挠，艰苦奋斗，忠心赤胆，为创建红军和革命根据地、为中国人民的解放事业建立了不可磨灭的功勋。

《英名永存北平城——爱国将领佟麟阁　赵登禹》

　　1937年7月28日，日军向北平郊区发动进攻。第二十九军副军长佟麟阁奉命在南苑率部与日军苦战，腿部受伤，头部被敌机炸伤，壮烈殉

106

国。第一三二师师长赵登禹指挥部队顽强抵抗日军，右臂中弹负伤，仍继续作战。后在转移途中遭日军截击而牺牲。

《八百壮士 四行仓库铸军魂——谢晋元和他的战友们》

八一三抗战，中国军人以血肉之躯揭开全面抗战的帷幕。这是一场血战，是中国军人不屈不挠的英雄诗篇，其中的八百壮士守四行，成为这首英雄颂歌中最动人、最凄美的音符。一曲四行保卫战，铸就了不屈的军魂。

《八女投江 气贯长虹——八位抗联女战士》

抗日战争时期，以冷云为首的东北抗日联军8名女战士，为捍卫民族尊严，面对凶残的日寇，镇定自若，宁死不屈，投江殉国，表现了中华民族同敌人血战到底的英雄气概。她们的光辉形象，激励着千千万万的后来人。

《艰苦抗战 威震敌胆——著名抗日英雄杨靖宇》

杨靖宇将军是我国著名的抗日民族英雄。曾先后担任磐石游击队政治委员、东北抗日联军第一军军长兼政委、抗日联军总司令等职。领导军民对日寇坚持了长达9个年头的艰苦卓绝的斗争，最终以身殉国。

《死也不当亡国奴——镜泊抗日英雄陈翰章》

陈翰章，从1932年8月投笔从戎，直到1940年12月8日为抗击日本侵略者，战死在镜泊湖畔。他在抗日疆场上奋战了九年，他那可歌可泣的英雄事迹将为人们永世传颂。

《名将殉国 气壮山河——抗日将军张自忠》

著名抗日将领、民族英雄张自忠，生于忧患的时代，抱有"宁为百夫长，胜作一书生"的志向，经历过失败与低谷，最终成就了慷慨人生。本书主要以人物活动为主，勾画出一个真正的"民族魂"鲜活的人生，会带给读者振奋的力量。

《宁死不辱战士名——狼牙山五壮士》

1941年日寇在河北易县"扫荡"。为掩护群众和主力部队撤退，五位八路军战士毅然把敌人引上了狼牙山棋盘坨峰顶绝路。弹尽粮绝、无路可退，五位英雄纵身跳下了万丈悬崖，用生命和鲜血谱写出一曲惊天地泣鬼神的壮举。

《太行浩气传千古——抗日名将左权》

左权，中国工农红军和八路军高级指挥员，著名军事家。是八路军在抗日战场上牺牲的最高指挥员。名将阵亡，太行山为之垂首，全党为之悲痛。周恩来称他"足以为党之模范"，朱德赞誉他是"中国军事界不可多得的人才"。

《虎将兴关外　抗倭统雄师——抗联英雄赵尚志》

本书描写了久经考验的共产党员、东北抗联的创建者和主要领导人赵尚志，在艰苦卓绝的条件下，坚持抗战，威震敌胆，战功卓著，忍辱负重，忠贞不屈，为国捐躯的英雄故事，为青少年读者呈上一部爱国主义的佳作。

《黄埔之英　民族之雄——抗日名将戴安澜》

抗日名将戴安澜，先后参加保定、漕河、台儿庄、武汉、昆仑关等战役，作战英勇，屡建奇功；入缅作战，"扬威国外，藉伸正义"；守东瓜，复棠吉；殒身缅北，遗恨丛林，马革裹尸，成就了光辉的一生。

《爱国志士　民主先锋——新闻出版家邹韬奋》

本书讲述了邹韬奋献身新闻出版事业的奋斗历程，展现了一位新闻工作者坚定的革命信念和炽热的爱国主义精神，全心全意为人民服务、为读者服务的奉献精神，歌颂了他的高尚情操和优良品质。

《为抗战发出怒吼——人民音乐家冼星海》

人民音乐家冼星海，青年时期在巴黎求学，饱尝屈辱与磨难；学成后毅然回到多灾多难的祖国，用满腔热忱谱写激昂的音乐，鼓舞中华儿女的斗志；奔赴延安，谱写出不朽的名作《黄河大合唱》，发出中华民族抗日救亡的怒吼。

《全民皆兵　抗击日寇——抗日战争的故事》

中国人民进行的十四年抗战，是一百多年来中国人民反对外敌入侵第一次取得完全胜利的民族解放战争。这场战争是以国共两党合作为基础，有社会各界、各族人民、各民主党派、抗日团体、社会各阶层爱国人士和海外侨胞广泛参加的全民族抗战。

《捧着一颗心来　不带半根草去——人民教育家陶行知》

陶行知是我国现代教育史上伟大的人民教育家、教育思想家。他从青年起就立志献身教育事业，以"捧着一颗心来，不带半根草去"的赤子之心，为人民的教育事业鞠躬尽瘁。

《为民主与和平拍案而起——民主斗士闻一多》

闻一多早年与梁实秋等人发起成立清华文学社。赴美留学期间由对祖国的深深眷恋而创作著名的《七子之歌》。后在西南联大任教8年，积极投身于抗日运动和争取民主的斗争，发表了著名的《最后一次讲演》。

《铁窗难锁钢铁心——革命先烈王若飞》

王若飞是我党早期杰出的无产阶级革命家。在艰苦卓绝的斗争中，他出生入死，屡建奇功，以超人的睿智和胆略，在敌人的监狱中，同敌人展开了殊死的较量，为抗战的胜利和新中国的诞生做出了卓越的贡献。

《横扫千军　还我河山——抗联名将李兆麟》

李兆麟是东北抗日联军创建人之一，他率领抗日联军历尽千难万险与日本侵略者浴血奋战，在极其艰苦的条件下，保存了抗日联军的有生力量，为东北光复做出了重大贡献。

《锄头开出新天地——解放区大生产运动》

为了解决困难，渡过难关，党中央号召党政军民齐动手，开展大生产运动。中国共产党在其控制区域内发动的一场军队屯田和鼓励生产的群众运动，达到了自己动手丰衣足食，共度难关，既进行革命又进行生产自足的目的。

《生的伟大　死的光荣——女英雄刘胡兰》

刘胡兰，坚贞不屈的少年女英雄。生前对我国劳动人民的解放事业无限忠诚，在敌人威胁面前，大义凛然，毫无惧色，英勇牺牲，表现了共产党员的高贵品质。

《饿死不领美国救济粮——爱国知识分子的楷模朱自清》

朱自清作为爱国知识分子的典型，以锐利的笔锋直言痛斥反动政府的暴行，体现了他崇高的爱国情怀和不畏恶势力的精神品格。毛泽东曾给朱自清先生以高度评价："一身重病，宁可饿死，不领美国的'救济粮'"，"表现了我们民族的英雄气概"。

《为了新中国前进——舍身炸碉堡的董存瑞》

伟大的英雄，中国人民的儿子董存瑞，从儿童团长成长为一名光荣的解放军战士，在1948年解放隆化县城时，舍身炸碉堡，为新中国献出了自己年轻的生命。他的英雄形象永远留在人民心里。

《宁死不屈的共产党员——革命烈士江竹筠》

江竹筠，就是著名的江姐。1947年春，她负责《挺进报》工作，只几个月的时间，报纸就发行到1600多份，引起了敌人的极大恐慌。由于叛徒出卖，江姐不幸被捕，惨遭毒刑的残酷折磨，仍坚贞不屈。最后被特务秘密枪杀，年仅29岁。

《抗美援朝　保家卫国——志愿军的战斗故事》

抗美援朝战争是中国人民志愿军为援助朝鲜人民、保卫祖国安全，与美国为首的"联合国军"发生的战争。在朝鲜牺牲的志愿军烈士们，他们英勇的战斗事迹、保家卫国的精神值得我们发扬光大。

《上甘岭上壮烈歌——黄继光和他的战友们》

在1952年10月的上甘岭战役中，黄继光和他的战友们在零号阵地半山腰被敌机枪火力点压制，此时，黄继光身上已经多处负伤，手雷也已全部用光。为了完成任务，减少战友的伤亡，他用自己的胸膛堵住正在扫射的敌机枪射孔，为反击部队扫清了前进的道路。

《诗书印画　全入神品——国画大师齐白石》

　　齐白石出身贫寒，做过农活，当过木匠，后改学雕花木工，从民间画工入手，摹古人真迹，学诗文书法，融汇古今，而诗、书、印、画俱佳；他将中国画的精神与时代的精神统一得完美无瑕，使中国画得到国际的重视，无愧于"国画大师"的称号。

《毕生为文化而奋斗——中国第一出版家张元济》

　　张元济参与、主持和督导商务印书馆近六十年，使其从简单的印刷企业转变为当时中国教育出版的旗帜。张元济一生爱书，在中华大地动荡不安的年代里，他用自己对文化的热爱，续存着中华民族灿烂悠久的文明之光。

《独树一帜　梨园大师——著名京剧表演艺术家梅兰芳》

　　梅兰芳，京剧大师，演唱风格独树一帜，世称"梅派"。曾先后赴日本、美国、苏联演出，并荣获美国波摩那学院和南加州大学的荣誉文学博士学位。作为一位爱国者，抗战期间蓄须明志，拒绝为日本人演出，为后世称颂。

《华侨旗帜　民族光辉——爱国侨领陈嘉庚》

　　陈嘉庚是著名的爱国华侨领袖、企业家、教育家、慈善家、社会活动家。他为辛亥革命、民族教育、抗日战争、解放战争、新中国的建设做出了卓越的贡献。生前被毛泽东誉为"华侨旗帜、民族光辉"。

《向雷锋同志学习——伟大的共产主义战士雷锋》

　　雷锋，一个平凡而伟大的共产主义战士，一心向着党，一生秉承着全心全意为人民服务、无私奉献的崇高思想；发扬刻苦学习和钻研理论的"钉子"精神；坚持勤俭节约、艰苦奋斗的优良作风。毛泽东为其题词："向雷锋同志学习。"

《人民的好公仆——县委书记的好榜样焦裕禄》

　　焦裕禄，被誉为县委书记的好榜样。他用自己的革命精神，展开了与大自然、与社会落后现象、与病魔的多重抗争，让我们领略到一个共产党人的生之伟大、死之壮美的人格品质和具有现实教育意义的精神魅力。

《文学巨匠　京味大师——人民作家老舍》

老舍是我国现代小说家、文学家、戏剧家。他用融入骨髓的真诚文字反映生活的喜怒哀乐。老舍的一生，总是在忘我地工作，他是文艺界当之无愧的"劳动模范"，生前被北京市人民政府授予"人民艺术家"的称号。

《革命老人——无产阶级教育家徐特立》

徐特立是一代伟人毛泽东的老师。他出生在贫苦家庭，大部分时间生活在动荡艰苦的年代；他刻苦勤奋，不畏艰辛，追求光明，一生勤俭，为革命培养了大量的人才；他对党和人民任劳任怨，鞠躬尽瘁。他坎坷奋斗的一生，留下了许多可歌可泣的故事。

《人生能有几回搏——新中国第一个世界冠军容国团》

容国团先后担任中国乒乓球队运动员、女队主教练。获得1959年男子单打世界冠军；1961年夺得男子团体世界冠军；作为中国女队主教练，1965年率女队第一次夺得女子团体世界冠军。他的"人生能有几回搏"的豪言，举国传诵。

《石油工人一声吼　地球也要抖三抖——铁人王进喜》

王进喜，新中国第一批石油钻探工人。他为祖国石油工业的发展和社会主义建设立下了不朽的功勋，在创造了巨大物质财富的同时，还给我们留下了宝贵的精神财富——铁人精神。他被评为"百年中国十大人物"，写入中华民族的光辉史册。

《做人民需要我做的事——著名地质学家李四光》

李四光是一位伟大的科学家，他一生从事地质学研究工作，足迹遍布祖国的山川，为祖国探明了许多地下宝藏；他创建了崭新的学说——地质力学；他历尽重重困难，为正确认识地质构造开辟了一条新路。

《中国化学工业的先驱——著名化学家侯德榜》

为摆脱纯碱需要进口的窘况，20世纪初，怀着"实业救国"梦想的中国化工先驱侯德榜等人创办了永利碱厂，并立志生产出中国人自己的碱。1926年，永利碱厂终于成功地生产出"红三角"牌纯碱，从此中国制碱业得以跨入世界先进行列。

《毕生求是　一丝不苟——著名科学家竺可桢》

著名科学家竺可桢献身科学研究；治学严谨，一丝不苟；一生廉洁，两袖清风；作风民主，爱护学生。他以爱国之心、报国之志，从一个民主主义者逐渐成长为一个共产主义战士。

《热爱自然的大地之子——著名植物学家蔡希陶》

蔡希陶，五十载风雨，五十载坎坷，五十载奋斗，五十载开拓，为了发现对人类生产、生活有用的植物及新物种的引进而做出巨大贡献，在中国的植物资源学史上将永远镌刻着他的名字。

《高洁无私的襟怀——知识分子的楷模蒋筑英》

蒋筑英是中国当代知识分子的先锋典范，他不为名，不为利，尊重科学；他以坚忍的毅力和顽强的作风，在科学的道路上呕心沥血，鞠躬尽瘁，无私地奉献了青春和生命。

《迎接新生命的天使——卓越的妇产科专家林巧稚》

林巧稚是国内外享有盛誉的妇产科专家。在五十多年的医学教育和临床实践中，林巧稚亲自接生了五万多婴儿，治愈了数千病人，培养了数以百计的专门人才，为我国的妇女儿童事业做出了不可磨灭的贡献。

《独自成千古　悠然寄一丘——国画大师张大千》

张大千是20世纪中国画坛最具传奇色彩的国画大师，无论是绘画、书法、篆刻、诗词无所不通。在艺术界深得敬仰和追捧，艺术家们用真挚的感情，用绘画和雕塑展现了"张大千"多彩的艺术形象。

——革命烈士周文雍、陈铁军

刑场上的婚礼

《建造中国的通天塔——著名数学家华罗庚》

中国当代著名数学家华罗庚，为中国数学的发展做出了无与伦比的贡献，他是中国解析数论、典型群、矩阵几何等多方面研究的创始人与开拓者，也是我国最早将数学理论研究与生产实践紧密结合的科学家。

《问鼎长天　强我国威——两弹元勋邓稼先》

邓稼先是我国著名科学家，参加组织和领导我国核武器的研究、设计工作，从对原子弹、氢弹原理的突破和试验成功及其武器化，到新的核武器的重大原理突破和研制试验，作出了重大贡献。是我国核武器理论研究工作的奠基者之一，被誉为"两弹元勋"。

《敢叫天堑变通途——桥梁专家茅以升》

中国著名的桥梁专家茅以升从小立志为祖国建造桥梁，经过不懈努力，他不仅设计建造了一座座宏伟壮观、坚固实用的道路桥梁，而且搭建了一座座友谊之桥，为祖国建设作出了卓越贡献。

《蘑菇云之梦——核物理学家钱三强》

被誉为"中国原子弹之父"的核物理学家钱三强，更名后立志于科技报国；24岁投师于世界著名核物理学家居里夫妇；与夫人何泽慧合作，发现铀的"三分裂""四分裂"现象；统领我国的原子大军，做了大量创造性工作。

《两离桑梓地　满怀雪域情——领导干部的楷模孔繁森》

孔繁森，是一位一尘不染、两袖清风的好干部。两次进藏工作，历时十载，为西藏的建设、发展和稳定作出了突出的贡献。1994年11月，孔繁森不幸以身殉职。人民群众称他为新时期领导干部的楷模。

《摘取数学皇冠上的明珠——著名数学家陈景润》

陈景润是享誉世界的数学家，为了证明"哥德巴赫猜想"，他以惊人的毅力在数学领域里艰苦跋涉，终于攻克了世界著名数学难题"哥德巴赫猜想"中的"$1+2$"，创造了中国乃至世界数学史上的辉煌。

《学术独步 饮誉四海——享有国际威望的科学家卢嘉锡》

卢嘉锡是一位在国际科学界享有崇高威望的物理化学家、化学教育家和科技组织领导者。1945年，卢嘉锡满怀"科学救国"的热忱回到祖国，对中国原子簇化学的发展起了重要推动作用，他所指导的新技术晶体材料科学研究，也取得了重大成绩。

《德艺双馨 梨园楷模——著名豫剧表演艺术家常香玉》

常香玉1941年赴陕甘演出。1948年在西安创办香玉剧社。1951年为支援抗美援朝，率剧社巡回西北、中南、华南各地演出，以演出收入捐献"香玉剧社号"战斗机一架，素有"爱国艺人"之誉。

《文学大师 激流勇进——著名作家巴金》

本书以巴金生平和主要事迹为线索，回顾和展示现代著名作家巴金的一生，以期让人们看到巴金在这风云变幻的100多年中，有过成功的欢欣，有过屈辱的磨难，有过痛苦的忏悔，有过平静的安宁。巴金的人生，映照着一代中国五四知识分子坎坷而不平凡的命运。

《壮心系科学 孜孜为国昌——理论化学家唐敖庆》

本书讲述了唐敖庆从出国求学、学业有成、回国任教，到服从安排、艰苦工作、刻苦钻研，最终成为中国量子化学奠基者的过程。让人们看到了这位著名化学家的赤心爱国、严谨治学、大公无私的崇高品格和科研上的卓越成就。

《中国导弹之父——著名科学家钱学森》

当第一颗原子弹升空的时候，当中国的人造卫星奏响《东方红》的时候，当中国运载火箭腾空而起的时候，当中国研制的导弹准确命中目标的时候，人们都会想起他的名字：中国导弹之父钱学森。

《中国近代力学的奠基人——著名科学家钱伟长》

钱伟长曾以中文和历史两个100分的成绩考入清华大学。九一八事变后，钱伟长毅然放弃了文科的学习而转为理科。他是中国近代力学、应用数学的奠基人之一，在固体力学、流体力学以及航空航天领域，取

得了卓越的成就，为新中国的现代化建设付出了毕生的精力。

《中国光学科学的奠基人——著名科学家王大珩》

王大珩是我国著名的科学家，中国光学科学的奠基人。他先在清华就读，后赴英国求学，学业有成，立志科学救国，其成就享誉神州。他以科学的求是精神和赤诚的爱国情怀，探索着中国光学发展的闪光之路。